Mitja Vachedin

Engel sprechen Russisch

Mitja Vachedin

Engel sprechen Russisch

Roman

Deutsche Verlags-Anstalt

Für meine Familie

Zahnpastaleben

Genau wie die Zahnpasta aus der Fernsehwerbung bestehe ich aus drei Schichten: zehn Jahre sowjetische Kindheit, zehn Jahre wilder russischer Kapitalismus, zehn Jahre gemütliches Westdeutschland.

Die Achtziger: Die Stadt heißt Leningrad, mich gibt es fast nicht, so klein bin ich. Leere Straßen – keine Werbung, keine Autos, keiner erklärt, was hier abgeht, Schlangen vor den Geschäften, ein roter Lenin-Kopf ziert das Haus. Vater kocht den Selbstgebrannten in der Küche, alle Erwachsenen sind leicht angetrunken, es wird viel gelacht. Ich bekomme eine Medaille »Geboren in Leningrad«, ein schickes blaues Ding mit Lenin drauf, Mama lässt mich taufen (was würde Lenin dazu sagen?). So bin ich bestens ausgerüstet für das kommende Leben: Lenin-Medaille und Taufurkunde, was kann mir schon passieren? Die Medaille und die Urkunde liegen immer noch in einem Umschlag, ich hole sie manchmal heraus, ich lege sie auf den Nachttisch, denn so waren die Achtziger, meine rote Zahnpastaschicht.

Die Neunziger: Die Stadt heißt Sankt Petersburg. Eine Zeit der Straßenbahngleise und der Dunkelheit. Es ist immer Winter, es ist immer dunkel, ich bin das glücklichste und einsamste Kind auf dem Planeten. Zu essen gibt es Bratkartoffeln und Geflügelwürste, die billigsten Geflügelwürste, und bulgarischen Ketchup – in Bulgarien wachsen Tomaten und andere Pflanzen, nur bei uns nicht, bei uns gibt es nur Kartoffeln und Paläste. Die Kartoffeln bringt Babuschka mit von der Datscha, die Paläste, von deutschen Architekten gebaut, stehen still, sie verfaulen, sie sind voll mit Gespenstern, auf den Nachtstraßen wird geschossen, man verteilt das Staatseigentum, ich liege im Bett, ich kann nicht schlafen, die Stadt liegt am Meer, das Meer ist eine Wand von mir entfernt, das Meer wartet. Das ist meine blaue Zahnpastaschicht.

Die Nullerjahre: Die Stadt liegt am Rhein. Der Rhein fließt zwischen den Weinbergen, ich sitze auf den Treppen an seinem Ufer und spreche Russisch, es ist Nacht, ich bin ein ausländischer Student, ich studiere Literatur, ich habe keine Zukunft vor mir. Ich lese Nabokov, mein Kommunikationskreis besteht fast ausschließlich aus ukrainischen Frauen, aus den Trauben wird Wein gemacht, die Hitze macht verrückt, alles scheint weit entfernt zu sein – Heimat, Leben, Dinge, die passieren, Dinge, die wichtig sind. Überall duftet es nach ukrainischen Frauen, grüne Rheinpapageien fliegen über dem Fluss Richtung Lorelei, der Gipfel des Berges funkelt, mein Kopf ist ein unbeschriebenes Blatt, da drin ist gar nichts, bloß ein Tru-la-la, es ist eine weiße Schicht in meinem Zahnpastaleben.

Dann war die Tube leer, ich kam nach Berlin, denn Berlin ist alle drei Schichten zusammen, es ist die Synthese. Es gibt hier nichts, was wirklich neu ist, was überraschen kann – alles war irgendwann schon mal da, es hat schon stattgefunden mit mir, woanders, aus irgendeinem Grund.

Doch weil hier alles gleichzeitig passiert, habe ich das Gefühl, dass ich aus dem Zug ausgestiegen bin. Ich stehe am Straßenrand, ich kicke die Maiblume mit meinem Fuß, ich bin zehn, ich bin zwanzig, ich bin dreißig, und das ist richtig, und das ist für immer.

Hier ließ er seinen Anker fallen

Eines gewöhnlichen Sommertags fuhr mein Großvater in einem LKW zu seiner Datscha auf dem Lande, mitsamt sechs Mann an Bord. Normalerweise kam er immer in seinem schicken Lada, Farbe beige, doch an diesem einen Tag war es der LKW. Die mageren sonnenbraunen Männer sprangen aus dem Fahrzeug, entluden einen riesigen Anker - schwarz lackiert und von unbeschreiblicher Schönheit -, tranken Wodka und fuhren zurück nach Leningrad. Großvater aber blieb im Sommerhaus.

An diesem Abend trat er mehrmals in den Hof hinaus, kletterte auf seinen Anker, saß dort allein, schaute in den Wald und zu den Wolken. Der lila Nordhimmel plätscherte leise, der Wald war still, und ich behaupte zu wissen, worüber mein Großvater in diesem Moment nachgedacht hat, doch ich traue mich nicht, es niederzuschreiben.

Mein Großvater war Seemann, blieb es bis zum Schluss. Den Anker wollte er auf seine Grabstelle legen, die durch ihr originelles künstlerisches Konzept alle benachbarten Grabsteine übertreffen sollte; »Hier ließ Wassily Vachedin seinen Anker fallen« sollte auf ein Schild graviert werden. Bis dahin lag der Anker aber erst mal auf einer Erhöhung etwa zwanzig Meter vom Haus entfernt – dort, wo wilde Erdbeeren wuchsen und Schlangen krochen. Ich war klein, ich kroch mit den Schlangen, hatte Angst vor ihnen und fraß die Erdbeeren. Mir brauchte keiner zu erklären, dass mein Großvater ein Mann von Bedeutung war, dass es ihm Spaß machte zu posieren, dass er alle Eigenschaften eines Romantikers besaß – das verstand ich von selbst. Großvater wird mal unter seinem Anker liegen, und das ist richtig, denn so etwas sollen Erwachsene doch tun: einer wilden Idee nachgehen und sie verwirklichen, egal was es verlangt.

Geboren wurde Großvater in einem mordwinischen Dorf in der Wolga-Region. Mordwinen, ein mit den Finnen verwandtes Völkchen, leben eigentlich südlicher. Doch einmal hatte ein mordwinischer Zar dieses Dorf in einem blutigen Krieg erobert und sich dort niedergelassen, erzählte mir Großvater, der ein Profi im Geschichtenerzählen war. In seinem Bett liegend, in dem Haus, wo eine Schiffsbrücke zum Dachboden führte und in der Toilette das Licht durch Kajütenfenster kam, zählte er vor dem Einschlafen die großen Namen auf, die die Wolga-Region der Welt geschenkt hatte. Lenin, Puschkin, Hemingway. Warum der Amerikaner auch dazuzählte, habe ich vergessen.

Das Leben im nasskalten Leningrad nahm Großvater mit Humor als ein bedauerliches Missverständnis. Auf die Einheimischen schaute er von oben herab. Das Feuer im Ofen knackte, er lag im Bett, seinen rechten Arm zur

Seite gestreckt – der Arm tat weh, er sollte weg vom Körper, – und sprach über den magischen zauberhaften Fluss, der seine Runden macht dort, im richtigen Russland.

Die Geschichte, wie sein Arm verletzt wurde, gehörte zu seinen Lieblingsstorys. Als er noch ein Kind war, hat sein Haus gebrannt. Er wurde mitsamt seinen sechs Brüdern aus dem Fenster geworfen. Sie flogen durch die Nacht, durch die Flammen, mitten im Nirgendwo, in einem Dorf, das durch den mordwinischen Zaren erobert worden war. Am Ende steckten sie in der schwarzen Erde wie Kartoffeln. Und dann kam eine Kuh und stieß den Arm meines Großvaters mit ihrem Horn. Eine schwarze Kuh mit einem großen weißen Fleck, wie der Umriss eines entfernten Landes, das man nie zu sehen bekommt.

Nach dem Schulabschluss kam Großvater nach Tallinn in die Seemannsschule. Er durchpflügte alle Meere, transportierte Atomraketen nach Kuba und lebte während der Kulturrevolution eine Zeit lang in China, als sein Schiff dort in einer Werft lag. Er trat stets mit der Würde eines sowjetischen Seemannes auf, das hatten sie ihm gut beigebracht. Von ihm habe ich gelernt, dass es cool ist, wenn du alleine bist irgendwo am Ende der Welt, weit entfernt von deinem großen Heimatland, und du bist ruhig und selbstsicher, weil du dich als ein Teil davon weißt. Großvater erzählte zum Beispiel vom Roten Meer, als wäre es ein See bei einem Nachbardorf. Es gab damals noch keinen Massentourismus, um ans Rote Meer zu gelangen musste man quasi ein Flugzeug entführen. »Nach dem Baden im Roten Meer bin ich zurück an Bord gestiegen und stellte fest, dass mein Körper mit einer Salzkruste bedeckt war«, sagte er beim Pilzesammeln. Ich war auch am Roten Meer, doch auf meiner Haut wollte sich keine Salzkruste bilden. Es muss seit der Großvaterzeit an Salzgehalt verloren haben.

Einmal im Jahr, am Feiertag der sowjetischen Kriegsmarine im Juli, machte er im schneeweißen Dienstrock seine Runde durchs Dorf, blieb bei jedem Haus stehen, begrüßte die Nachbarn, trank überall einen Schluck. Schön war er, groß, die grauen Haare standen ihm gut. Er mochte es zu übertreiben, sich wichtig zu machen, es gehörte irgendwie dazu. Zum Beispiel behauptete er immer, zwei Bücher geschrieben zu haben. Eins habe ich gesehen, es war eine zwanzigseitige Broschüre über Sicherheit auf dem Wasser. Es zählte nicht die Regeln auf, nein, schlimmer noch: Es war ein Bericht mit Zahlentabellen. Die ganze Auflage, mehrere Hundert Exemplare, lag in seiner Garage neben dem beigen Lada. Das zweite Buch hat es wohl nie gegeben.

Angeblich beherrschte er fünf Sprachen, die mordwinische inklusive. Das Einzige, was ich je in einer Fremdsprache von ihm gehört habe, war: »How do you do?« Ich bezweifle, dass er viel mehr konnte. Ich kann mich aber erinnern, wie ich auf seinem Bauch krabbelte und er erzählte, dass Gorbatschow und Reagan besser miteinander klarkämen, die Verhandlungen zwischen den Supermächten viel besser liefen, wenn er dabei wäre.

Wenn er mich zu Hause in Leningrad abholte, kam er in einem Schnellboot, wir wohnten ja gleich am Fontanka-Fluss. Das war sein Stil, Enkelkinder zu besuchen. Er ließ mich steuern. Die berühmten Granitufer entlang, an den Palästen vorbei, unter den Brücken hindurch – als würde man in einem Museum Motorrad fahren. Er arbeitete damals in der Verwaltung der Leningrader Flussflotte. »Verwaltung der Leningrader Flussflotte« – diese Wortkombination besitzt für mich immer noch eine alte Magie, obwohl Großvater selbst auf dem Höhepunkt seiner Karriere nur ein sowjetischer Beamter mittleren Ranges war. Das hieß: Er konnte sich einen Lada beschaffen, aber keine Wohnung. Für mich war er trotzdem allmächtig. Der Fluss lag vor uns, ich stand am Steuer, keine anderen Boote waren im Weg, die alte Stadt öffnete sich für mich, über mir folgte Brücke auf Brücke wie in einem Tanz, und dann flogen wir tatsächlich, und alle Menschen in den Lebensmittelschlangen und mit Zeitungen in der Hand und mit Blumensträußen schauten uns zu. Die Welt lag uns zu Füßen.

Dann kamen die Neunziger. Großvater ging in Rente, es gab kein Geld. Oma überzeugte ihn, nach Polen zu fahren, um dort Kleidung zu kaufen und sie in Russland mit Gewinn wieder an den Mann zu bringen. So stand mein Großvater neben all diesen hässlichen Pullovern auf der Motorhaube seines inzwischen alten Ladas, betrübt, abgemagert, reizbar. Er wusste nicht, wie man das tat: billige Kleider verkaufen, und er hatte keine Lust, es zu lernen. Es war ihm zu trivial, nicht sein Stil. Sein Leben drehte sich um andere Dinge, wichtigere Dinge, dies hier war klar ein Missklang, lass uns diese Zeit einfach vorspulen, lass es im Schnelldurchgang erledigen.

Er baute eine große Sauna auf seinem Grundstück. Sie wurde nie vollendet. Das Haus stand ohne Innereien da, wie ein ausgestopftes Tier. Sein Sohn, mein Vater, fing an zu trinken. Ich sah, wie Großvater mit ihm im Wald holländischen Spiritus aus einer Plastikflasche trank, damit Oma es nicht mitbekam – und auch das war eine Niederlage, denn Großvater trank aus Freude, er trank, um das Spiel zu beginnen. Mein Vater trank, um das Spiel zu beenden. Um abzuschalten, um zu vergessen. Großvater trank mit ihm, um seinen Sohn zu verstehen, doch es war vergeblich: Mein Vater kam im Alleingang in seine persönliche Hölle.

Zwei Männer, mein Großvater und mein Vater, und die Plastikflasche mit holländischem Spiritus, gebrannt aus Holzspänen, Verkaufswert ein Euro. Wenn ich jetzt dazwischen stände, wären wir wie die Orgelpfeifen: Ich in der Mitte, etwas größer als Großvater, etwas kleiner als mein riesiger Vater. Ich würde auch Spiritus trinken, sie würden nicht erkennen, wie es mir schmeckt, ich würde schweigen.

Mein Großvater starb in Sankt Petersburg. Oma hat das Haus mit den Kajütenfenstern und den Schiffsstegen verkauft und investierte das gesamte Geld in schicke Grabsteine für Mann und Sohn. Der Anker liegt immer noch auf der Anhöhe im Gras, die Erdbeeren schmecken wie immer. Wassily Vachedin hat seinen Anker nicht fallen lassen.

Ich besitze von ihm nur noch eine Schiffsglocke. Sie ist verkratzt, weil er sie einmal in der Woche mit Zahnputzpulver reinigte. Wenn ich schlafe, strecke ich meinen rechten Arm zur Seite, vom Körper weg, als würde ich jemanden begrüßen.

Abenteuer

Bienen sind in der Luft, Großvater trägt weiße Hosen, Oma hat einen Korb dabei. Mein Vater und ich waren nur kurz bei ihnen zu Besuch und fahren gleich mit dem Abendzug nach Leningrad zurück, denn morgen fliegen wir ans Schwarze Meer. Kurz vor dem Haus, vor dem Brunnen, gibt Oma einen seltsamen Laut von sich, die Bienen werden kurz still, sie holt einen Fünfundzwanzig-Rubel-Schein hervor und gibt ihn meinem Vater.

»Gönnt euch was am Meer«, sagt sie mit ihrer süßen Stimme.

Der riesige rote Schein mit Lenins Konterfei darauf, nach heutigen Maßstäben etwa zweihundert Euro wert, wandert in Vatis Geldbeutel. Wir bedanken uns und hauen ab.

Der Zug gleitet durch die nördlichen Wälder. Wie eine Billardkugel rollen wir bergab nach Hause, und schon morgen erwartet uns Sotschi. Die Wälder verschwinden, Leningrad zeigt sich zuerst schmutzig und langweilig: Fabriken, gottverlassene Arbeiterviertel.

»Ich habe eine Bitte an dich«, sagt Vater, und in meinem Bauch klebt sich aus dem Nichts ein kaltes Bällchen zusammen, denn zum ersten Mal in meinem Leben spricht er mit mir wie mit einem Erwachsenen. »Erzähl niemandem von diesem Geld, und du kriegst ein Abenteuer geschenkt. Na? Deal?«

Ich sage Ja – soll ich etwa Streit anfangen? –, und wir steigen an der nächsten Station aus dem Zug aus. Es ist nicht wie an unserem Heimatbahnhof, wo die breite schnurgerade Allee direkt zu den goldenen Spitzen der märchenhaften Prachtbauten an der Newa führt. Hier ist alles krumm, alles schief, keine Geraden sind zu sehen, die dunklen Ecken sind voller Kletten, von den zweistöckigen Häusern blättert die Farbe ab. Der laute Zug ist weg, die Welt um uns herum ist still.

»Das Abenteuer beginnt«, sagt Vater mit Gleichgültigkeit in der Stimme.

Wir gehen zwischen einsamen schiefen Häusern, allerdings nicht auf der Straße, es gibt hier keine Straßen, nur Pfade wie durch Herden von Tieren entstanden, die hier ihrer geheimnisvollen Wege ziehen. Vater ist riesig – sechsmal ich – und für diese komischen Häuser viel zu groß, für mich scheint es, als könnte er mit den Fingern auf die Eisendächer trommeln – die Bewohner werden denken, es regnet. Aber es regnet nicht, es ist mein Vater, der haarige bärtige Typ in dem ewigen hellen karierten Hemd. Er macht mir ein Abenteuer.

»Lass uns einen Schatz suchen«, sagt er nachdenklich, und wir nähern uns einer Gruppe von Männern mit sonnenverbrannten Gesichtern.

Sie riechen nach Schweiß, Tabak und Insektenvernichtungsmittel. In dieser Welt gab es viele Gerüche, die in den darauffolgenden Jahren verschwunden sind. Erdgeruch zum Beispiel. Fingergeruch, Heißersteingeruch, Käfergeruch. Doch der Geruch nach Schweiß, Tabak und Insektengift, der ist geblieben. Russische Männer dieser Art riechen immer noch so. Diese damals warteten auf etwas, sie warteten in verschiedenen Posen – einer lag auf dem Boden, auf ausgebreiteten Blättern der *Prawda*, andere saßen auf ihren Jacken. Vater sprach die Männer an und verstand sofort, dass es hier keinen Schatz zu heben gab. Sie waren selbst auf der Suche. Wir gingen also weiter.

Der Trampelpfad führt uns über einen Hügel zu einem Holzkiosk, wo durch den Schlitz für die Warenausgabe zwei fleischige Frauenhände zu sehen sind, von denen Schaum auf die Erde fällt. Ich blicke auf den dreckigen Schaum vor dem Kiosk und denke an das Meer, das morgen kommt, und ich weiß nicht, ob ich heute so auf Abenteuer stehe.

Inzwischen reiht sich mein Vater, mein Weiß-nicht-was-er-mir-sagen-soll-Vater, in die Schlange vor dem Kiosk ein und lässt mich derweil kurz die Gegend erforschen. Ich drehe eine Runde um das Gebäude und treffe auf einen Jungen meines Alters in einem schmutzigen roten Pulli. Der Junge ist ein wenig blass im Gesicht, er sitzt einfach nur da und stochert mit einem Stock in der Erde.

»Mein Vater und ich sind auf der Suche nach einem Schatz«, erzähle ich.

»Dein Vater und du sind Arschgesichter«, sagt er leise und spuckt aus.

Ich verstehe, dass unser Gespräch damit wohl zu Ende ist, bleibe aber noch ein bisschen bei ihm stehen und schaue, was er da mit seinem Stock in die Erde kritzelt. Dann – was soll's – drehe ich eine weitere Runde um den Kiosk und sehe, wie mein Vater mitsamt sechs Bierkrügen in den Händen die Schlange verlässt. Es muss ein Wunder geschehen sein, denn es sind nicht einmal zehn Minuten vergangen.

»Marschpause«, sagt er. »Es ist höchste Zeit, dass die abenteuerlustigen Reisenden sich eine Erfrischung gönnen.«

Er kippt einen Krug nach dem anderen hinunter. Andere Männer gesellen sich mit ihren Gefäßen zu uns, stoßen an, die leeren Krüge liegen vor unseren Füßen wie müde Schweinchen. Vor lauter Langeweile schaue ich nach oben – dort sehe ich Zweige mit dicken, verstaubten, schweren, seltsam solide aussehenden Blättern. Der Herbst wird kommen, die Blätter fallen, schlagen die Glaskrüge kaputt, die ganze Stadt wird in Scherben liegen, bis der Winter alles mit Schnee bedeckt.

Irgendwann gehen wir weiter, und zwar zu dritt. Ein Pfadfinder hat sich uns angeschlossen, und der weiß, wo der Schatz liegt. Der Mann ist fünfzig plus, unrasiert, trägt Pantoffeln und sowjetische Sporthosen, als wäre er nur mal eben von seinem Zimmer in die Küche flaniert. Wir gehen eine Betonmauer entlang, die eine Fabrik umzingelt – einmal bleiben wir kurz stehen und pinkeln alle drei gegen diese Mauer. Zwei mächtige Ströme und mein schmaler Faden.

»Richtig abschütteln, Kleiner«, rät mir der Pfadfinder, als wir fertig sind.

Hinter der Fabrikanlage steht ein Lebensmittelgeschäft, ein Bunker aus weißen Ziegeln, dekoriert mit einem langweiligen Ornament. Das Geschäft ist voll, die Straße vor ihm leer. Vater und der Pfadfinder quetschen sich hinein, ich bleibe draußen. Hier ist immerhin eine richtige Straße: Der Asphalt liegt mit flachen Wellen vor mir wie ein Meer – grau, nur dort, wo Pfützen sind, schwarz. Ein warmer klebriger Abend in der Vorstadt.

Ich sehe, wie eine Frau aus der Ferne auf mich zukommt, sie schiebt eine Karre voller Zwiebeln vor sich her. Die Zwiebelfrau tippelt langsam, die Räder ihrer Karre quietschen, sie rollt an mir vorbei und verschwindet in der Ferne. Die Straße ist wieder leer. Über mir sehe ich den Kondensstreifen eines Flugzeugs am Himmel, eine weiße Linie, die an einem Punkt plötzlich abbricht. Dieser Punkt ist genau über uns, das Flugzeug nirgendwo zu sehen. Es war vielleicht müde vom Fliegen, verschwand einfach, löste sich auf in der heißen Zwiebelluft; oder die Vorstadt hat es mit ihren verrotteten Zähnen zermalmt, weil Flugzeuge hier unmöglich sind, genau wie andere Städte und andere Orte, genau wie alles Lebendige. Genau wie das Meer, das morgen kommt.

Vater, verschwitzt und verwuschelt, purzelt aus dem Geschäft heraus. Sein Hemd hängt aus der Hose, man sieht seinen haarigen Bauch. Aber er trägt zwei Weinflaschen in den Händen. Der Pfadfinder hat sich wohl entschieden, drin zu bleiben.

»Na los«, sagt Vater mit fröhlicher Stimme. Wir gehen um das Geschäft herum, dort gibt es eine unbebaute Fläche und jede Menge Holzkisten. Wir setzen uns auf die Kisten, Vater steckt die eine Flasche in seine riesige Hosentasche, öffnet die andere und trinkt sie in drei großen Schlucken aus. Nicht mal eine Minute hat er dafür gebraucht. »Das Leben eines Mannes ist wie eine Flussdurchquerung«, sagt er. »Wenn du spürst, wie das Wasser in deinen Mund fließt, ist es höchste Zeit zu schwimmen.«

Als Vater versucht aufzustehen, verliert er das Gleichgewicht, nur mit Mühe schafft er es, sich aufrecht zu halten. Die ungeöffnete Weinflasche fällt aus seiner Hosentasche und rollt weg – ich folge ihr, ich hebe sie auf, ich gebe sie Vater. Sie ist nicht kaputt, hat nicht mal einen Kratzer. Vater holt in großen Schritten aus, aber er hat eine Seitenneigung nach rechts, er fuchtelt mit den Händen in der Luft herum und versucht so, Balance zu halten. Ich folge ihm wie einem Elefanten, der durch den Dschungel stampft. Mein Vater ist ein Berg aus Fleisch, er könnte diese ganze Vorstadt, die eben noch Flugzeuge zermalmte, aus der Erde reißen, in die Luft heben, auf den Boden werfen, wie eine Vase in Stücke schlagen und dann die Hände an der Hose abwischen und mich nach Hause, an unseren Fluss im Zentrum von Leningrad bringen, wo wir von schönen Häusern, von Wassergeflüster und Möwengeschrei umgeben sind. Doch er tut es nicht.

Ein roter Hund mit einem spitzen schlauen Maul

kommt uns entgegen. Vater bleibt stehen, öffnet die zweite Flasche, trinkt und gießt ein wenig in die Schnauze des Hundes – der nimmt es locker, trinkt nicht, läuft aber auch nicht weg; er zeigt zufrieden seine Zähne und schüttelt die Flüssigkeit einfach aus.

»Jack«, sagt mein Vater. »Komm, Jack.«

Der Hund führt uns, wir gehen jetzt zielstrebiger als vorher. Die Sonne hat vergessen unterzugehen, es bleibt hell. Wir kommen zu einer Ansammlung von Holzbaracken. Vater trinkt jetzt langsamer, mit kleinen Schlucken, er rollt den Wein in seinem Mund. Das Fell des Hundes leuchtet in der Abendsonne, als ob es brennt. Wegen der langen Schatten und des vielen Rots habe ich das Gefühl, wir könnten auf dem Mars sein.

»Und sie meint, ich schaffe das nicht«, murmelt Vater. »Eine Hexe ist sie. Hexe.«

Ich weiß nicht, wovon er redet.

Der Hund biegt um die Ecke und bleibt vor einer alten Frau stehen. Sie sitzt auf einem Klappstuhl, vor ihr ist eine Zeitung ausgelegt, auf der eine Wodkaflasche und eine gekochte Rote Bete liegen. Das ganze Set kostet 3 Rubel. Vater trinkt seinen Wein aus, gibt dem alten Mütterchen die leere Flasche – sie packt sie schnell und sachlich weg – und kauft das Set.

Jetzt ist er zufrieden. Er steht mitten auf der Straße, Wodkaflasche in der einen Hand, die Rote Bete in der anderen. Er atmet tief, denkt nach, lächelt. Der Hund, der seine Mission erfüllt hat, verschwindet irgendwo.

»Lass uns runtergehen«, sagt Vater. »Ich habe Lust auf Natur.«

Die »Natur« ist eine Schlucht; da vor uns, ganz unten, fließt ein überraschend sauberer, kristallklarer Bach. Bei dem Bach gibt es einen kleinen Strand, und auf diesem Strand liegt eine riesengroße Karte der Sowjetunion ausgebreitet. Die Karte ist alt, sehr fest, aus Baumwolle; jemand hat sie wohl mal als Stranddecke benutzt. Die Karte ist viel größer als ich. Wir steigen nach unten. Vater setzt sich auf einen Baumstumpf, öffnet wahrscheinlich den Wodka, beißt in die Rote Bete, ich schaue nicht hin, mir ist das egal.

Ich setze mich in die Mitte der Karte, auf das Uralgebirge, wo meine Mutter herkommt. Danach krieche ich vom Fernen Osten nach Estland. Von Tschukotka nach Turkmenistan. Ich lege mich hin, strecke mich aus, meine Zehen sind im Schwarzen Meer, meine Finger ertasten Jakutsk. In der Schlucht wird es dunkel – die Sonne hat es sich doch anders überlegt.

In zwanzig Jahren werden zweitausend Chinesen hierherkommen. Sie reißen alles ab und bauen eine Luxuswohnanlage, einen Komplex aus mehreren dreißigstöckigen Hochhäusern. Nichts, was jetzt hier ist, bleibt erhalten. Die Erdölbonzen aus Sibirien kaufen diese Wohnungen, von den höheren Etagen aus hat man einen perfekten Ausblick auf Meer und Wind. Sie werden auf ihren Balkonen stehen und guten Wein trinken, und bei klarem Wetter tanzen auf dem Meer viele kleine weiße Segel. Noch später werden die Sanktionen kommen, und die Erdölmenschen werden seltener auf ihren Balkonen stehen, und der Wein wird nicht so gut sein.

Doch jetzt krabbele ich auf dem großen Land herum, lese die Namen der Städte und Flüsse, bis es ganz dunkel wird. Das ist mein kleines Abenteuer, das ist mein Wunder. Ich werde diese Städte nie sehen, das ganze Land wird es bald gar nicht mehr geben, ich werde dort leben, wo die Karte zu Ende ist: Das Land, in das ich einmal auswandern werde, kennt diese Karte nicht. Die Silhouette meines Vaters löst sich auf in der Dunkelheit, die Nacht ist stark genug, um ihn zu schlucken.

Ich bade meine Füße im Schwarzen Meer. Dunkel. Kalt. Doch dann zieht mich eine starke Hand heraus – nach oben, aus der Schlucht. Ich bin ganz dreckig, mein Vater wischt mich ab, schüttelt den Sand aus Kasachstan und den Dreck der Wolga von mir ab.

»Lass uns nach Hause gehen«, sagt er und nimmt mich zum ersten Mal heute an die Hand.

Und führt mich zur Bahnstation.

Badesee

Der See, zu dem wir unterwegs sind, ist unendlich tief, und in seiner unendlichen Tiefe liegen Männer mit Löchern im Kopf. Die goldenen Knöpfe an ihren Sakkos werden von den Fischen verschluckt, dummen Fischen mit Augenringen, mit tonnenschwerem Blick.

Die Straße zum See führt zwischen alten Garagen hindurch, es sind verrostete metallische Buden, nur die Schlösser an den Türen sind neu. Wir, das sind mein Cousin Jegor und ich. Es ist Anfang der Neunziger, und Leningrad hat einen neuen Namen bekommen. Der ein alter ist: Sankt Petersburg. Der *Wind of change* hat westliche Kaugummis und Schokoriegel gebracht und meinen Vater aus der Familie weggefegt – ich weiß nicht, wo er sich herumtreibt. Es ist eine Zeit, in der man leicht sich und andere verlieren kann. Erst jetzt merken wir, wie ruhig und chillig eigentlich unser langsamer und bescheidener Kommunismus war. Nun sind alle besorgt, selbst Jegor schaut sich die ganze Zeit um, warum weiß ich nicht: Er hat noch nie gern über seine Probleme gesprochen, weder damals noch heute.

Vom Meer kommt Wind, es riecht nach Algen, nach Finnland, nach Kälte und nach irgendwelchen chemischen Stoffen. Wir schweigen. Auf dem Weg liegen überall Plastikflaschen verstreut, obwohl es erst ein paar Jahre her ist, dass man Limonade in diesen Flaschen zum ersten Mal kaufen konnte.

Mitten im Weg hocken drei Jungen in unserem Alter. Sie rauchen, ich rieche Tabak – und gebrannten Kalk, sie haben wohl vorhin aus Spaß Karbid angezündet, das sie von der Baustelle geklaut haben. Jetzt ist ihnen wieder langweilig. Wir mustern uns gegenseitig; sie sehen gefährlich aus, einer von ihnen trägt ein T-Shirt mit einem Totenkopf darauf, über dem der Schriftzug »Exploited« prangt – solche Kleidung kauft keine Mutti im Geschäft. Sie sind hager, haben tiefe Falten auf der Stirn und Verletzungen an den Händen. Ihre Haare haben keine Farbe.

»Na, wen haben wir denn da? Los, kommt mit«, sagen sie, und wir gehen gemeinsam weiter, aber in eine andere Richtung, weg vom See. Ich blicke Jegor an, er spuckt aus, und ich verstehe, dass es genau die Typen sind, die er heute gerade nicht treffen wollte.

Sie finden schnell heraus, dass ich nicht von hier bin, nicht von der Insel und damit raus aus ihrem Geschäft. Sie sprechen mit Jegor über Dinge, von denen ich nichts weiß, ich kann kaum folgen, ich habe Angst. »Warum hast du ihn nicht kaputt gemacht, Alter?« So was in der Art.

Wir bleiben stehen, das heißt wohl, wir sind angekommen. Wir schauen nach oben, und zwar alle fünf. Jetzt habe ich das gesamte Bild vor Augen, kann ihr Gespräch entschlüsseln: Jegor schuldet den Jungs etwas, und um das Ganze wiedergutzumachen, muss er am Rohr eines verlassenen Kraftwerks hochklettern, über eine verrostete Leiter, der man nie im Leben trauen kann. Ganz oben an der Spitze geht im rechten Winkel neben der Leiter eine Metallstange ab, man sieht sie nicht von unten, zu hoch, doch sie ist da. Jegor soll allein mit der Kraft seiner Hände an dieser Stange eine Minute lang hängen. Dann ist alles paletti, die Typen werden uns in Ruhe lassen.

Jegor stellt seinen Fuß auf die unterste Leitersprosse, dann auf die nächste, Rostpartikel fallen auf meine Schultern, ich wische sie zwanghaft ab, die Typen lachen über mich. Ich konzentriere mich auf Jegor, er klettert höher und höher. Das Kraftwerk, zu dem das Rohr gehört, ist der höchste Bau auf dieser Insel, nur manche Schiffe sind noch riesiger: Schiffe, die leise wie Gespenster durch den Kanal gleiten und in Richtung ferner Länder verschwinden.

Die Kanonerskij-Insel, wo Jegor mit seinen Eltern lebt, ist mit dem Rest der Stadt nur durch einen dunklen und nassen kilometerlangen Tunnel verbunden. Einmal alle zwei Wochen setzen meine Mutter und ich uns in einen Bus und fahren hinüber, denn Jegors Vater ist der Lieblingsbruder meiner Mutter. Die Stadt ist bald zu Ende, als Nächstes kommen der Hafen und alte Fabrikanlagen, die dem Aussehen nach verlassen sind oder Dinge produzieren, die man weder anfassen noch besitzen möchte. Frauen mit runden Strickmützen auf dem Kopf gehen an den Betonmauern entlang, sie tragen Lebensmitteltüten und verschwinden irgendwo in irgendwelchen Löchern – Häuser sind keine mehr zu sehen.

Dann fahren wir runter in den Tunnel, man könnte an seinem Ende eine riesige Höhle mit einem Drachen darin erwarten, doch der Drache wird aus Eisen sein, erbaut 1901 in einer Schiffswerft, und es ist der Geist von Sankt Petersburg – ein Riesenmonster, Meerwasser tropft von seinem massigen Körper, und wir werden auf ewig bei ihm bleiben müssen, wir werden zu Schatten, wir lösen uns auf.

Doch nichts dergleichen passiert, der Tunnel ist zu Ende, wir steigen aus dem Bus und sehen das Meer, atmen das Meer, es ist fast zu viel nach dem dunklen Loch des Tunnels.

Auf der Insel herrscht Anarchie. Hier gibt es keine Polizeistation, keine Behörden. In alten Wohnhäusern leben Matrosen, sie liegen in ihren schmalen Betten und lauschen den Schritten auf den endlosen Fluren, danach stehen sie auf, gehen raus, verkaufen das, was sie auf die Insel geschmuggelt haben, suchen nach Frauen, saufen. Es gibt etwa zwanzig Häuser, einen eigenen Hafen und den See, den das Mafia-Fußvolk aus Sankt Petersburg benutzt, um Leichen zu versenken. Und das verlassene Kraftwerk, an dem mein Cousin gerade hochklettert.

Einer von den drei Jungs will mich anpöbeln, um sich die Zeit zu vertreiben bis Jegor, der immer langsamer wird, die Spitze erreicht hat. Der Typ macht es auf sympathisch direkte Art und bietet mir einen Kampf an. Ich sage Nein, ich gehöre nicht dazu, von euren Spielen auf dieser Insel verstehe ich nur Bahnhof, ich warte auf meinen Cousin, und dann gehen wir weg von hier. Der Typ sagt, mein Cousin komme vielleicht schneller runter, als er denkt, vor allem, wenn man ihn mit Steinen bewerfe. Die bessere Lösung sei demnach, jetzt ein bisschen zu kämpfen, und dann könnten wir weitersehen.

Ich spüre einen Kloß in meinem Hals, es fühlt sich an, als zöge mich etwas in den Abgrund, und ich kann nichts unternehmen. Es ist alles so absurd hier, wie kann man so leben, wie kann man so handeln.

»Lass mich überlegen«, sage ich, und er schlägt mir direkt ins Gesicht, ich falle zu Boden und kriege einen Tritt in die Rippen.

Ich bleibe liegen, ich möchte fühlen, wie in mir ganz langsam die Wut wächst – bald wird es so weit sein, ich werde aufstehen und auf die Typen losgehen, bloß im Moment habe ich noch zu viel Angst.

»Er ist gleich oben angekommen, kannst du die Minute messen?«

»Jo, hab eine Timerfunktion auf meiner Uhr.«

Sie sprechen so, als ob ich nicht da wäre, was auch in gewisser Weise stimmt, ich bin ein Kind, das mit seiner Mutti in einem Bus auf die Insel gekommen ist und sich als nicht gut genug erwiesen hat, seinen Cousin vor dem drohenden Tod zu retten. Wenn ich Glück habe, bin ich bald weg, ich bin ein Niemand, mich kann man ruhig ignorieren. Ich lege mich auf den Rücken und schaue auf Jegor – er ist klein wie ein Spatz.

»Zeig mir deine Uhr«, sagt eine mir unbekannte Stimme.

Ich stehe auf. Niemand hindert mich daran. Vor uns steht ein zwanzigjähriger Typ im Matrosenshirt, er ist angetrunken.

»Verpiss dich«, antwortet einer der drei Typen, der Besitzer der gefälschten Casio mit dem Metallarmband, dem Fremden.

»Gib ihm die Uhr!«, schreie ich und springe auf ihn, versuche, seinen Arm zu packen – und siehe da, mein Gegner hat nicht die Kraft, mit mir zu kämpfen und gleichzeitig die Uhr zu verteidigen. Der Matrose greift nach dem Arm, öffnet das Armband und geht weg mit der Uhr.

Ich bekomme zum zweiten Mal eine ins Gesicht und bleibe allein zurück – die drei Typen verfolgen den Matrosen. Ich schaue nach oben. Jegor hat das Ziel erreicht.

Er muss jetzt seine Finger vorsichtig um die Stange legen und seine Füße von der Leiter lösen und dabei versuchen, nicht über die Leere nachzudenken, die unter ihm gähnt – ein Stück bebaute Erde im kalten Meer, ohne Polizeistation, in einem Land, das sich selbst auffrisst. Eine Minute muss er hängen.

Oder eigentlich auch nicht, denn die Jungs sind weg.

Ich schreie wie ein Verrückter: »Stopp! Es reicht! Zurück! Mach das nicht!« Ich schmiere mein Gesicht ein mit Blut und Tränen und Schweiß und Dreck. Doch er hört mich nicht. Wind.

Jegor hat seine Finger um die Stange gelegt. Er hat

einen Fuß von der Leiter genommen, um auszuprobieren, wie es so ist, keinen Halt zu spüren. Und schon hängt er da, so klein wie ein Spielzeug, wie ein Holzakrobat, und niemand auf der ganzen Welt guckt ihm zu, außer mir und Gott vielleicht. Doch nein, Gott bestimmt nicht.

Dann kommt Jegor wieder runter, ruhig wie immer, stellt keine Fragen, ich erzähle auch nichts. Wir gehen zurück zu den Garagen. Es ist Sommer, der Tag scheint unendlich zu sein, die Sonnenkugel steckt an einem Punkt im Himmel fest, wir gehen seit einer Ewigkeit zwischen diesen verdammten Garagen hindurch, und auf dem Weg sind Kippen und Plastikflaschen und Snickers-Papiere verstreut. 1994, Sankt Petersburg. Nach den Garagen kommen wir ins verschmutzte Wäldchen, Baumwurzeln ragen aus der Erde, sie sind glatt, wie poliert. Wir hängen unsere Kleider, die unsere Mütter gekauft haben, über die Wurzeln. Über eine Betonplatte erreichen wir den See.

Die Platte ist glitschig, ich falle auf meinen Arsch und gleite ins kalte Wasser, als würde ich einen dunklen Raum betreten, in dem Menschen auf mich warten, die mich lieben.

Schwestern Moldon

Im August ist es dann mit den Weißen Nächten vorbei. Nachts ist es plötzlich so dunkel, dass die Sterne sich sehr nah an uns heranschleichen können, sie lauern in den Baumkronen.

Wir sitzen in einer Gartenlaube unter einer trüben Glühbirne und spielen Karten. Um die Lampe herum fliegen kleine Nachtfalter. Am Anfang des Sommers, als ich gerade aus Sankt Petersburg kam, waren wir zu sechst, und dann kam ein Siebter noch hinzu.

Unten im Tal gibt es eine Glasfabrik und einen Lebensmittelladen. Von der Glasfabrik führt eine einzige Straße hoch auf den Hügel, und ganz oben, fast am Ende des Dorfes, kann man links abbiegen, in eine enge Gasse, die von beiden Seiten mit Erbsensträuchern bepflanzt ist. In Blütezeiten ist der Geruch von Erbsenstrauch so stark, dass man den Weg auch mit geschlossenen Augen findet: An der süßen Wolke links. Die Gasse führt auf einen großen gemeinsamen Hof mit einer Rieseneiche in der Mitte, gegen deren Stamm wir bei Fang- und Versteckspielen unsere Gesichter drücken. Dieser Baum ist uns sehr vertraut, fast ein Freund.

Geht man weiter, so findet man hinter dem großen

gemeinsamen Hof einen kleineren, von Scheunen umstellt – eigentlich kann dort jeder hin, doch nur selten wagt sich ein Fremder so weit vor. Dort steht die Gartenlaube. Eine rustikale Holzkonstruktion, bordeauxrot gestrichen. In der Gartenlaube befinden sich ein Tisch, mit einem Wachstuch bedeckt, und Bänke. Eine Glühbirne und eine Steckdose, um einen Kassettenrekorder anzuschließen. Nachtfalter und Stechmücken. Spinnen in den Ecken.

Die Gartenlaube hat Vati Moldon gebaut, ein Riesenkerl mit Strohhaaren und einem kantigen, fast quadratischen Gesicht. Ihm fehlt die Hälfte der Finger – wie bei vielen Männern im Dorf über vierzig. Das hat was mit der Konstruktion der russischen Sägemaschinen zu tun, die fast in jedem Haushalt vorhanden sind: Eine Sägescheibe ist auf einen Tisch montiert, und die Baumstämme presst man einfach mit den Händen an die Scheibe. Man muss schnell sein, damit die Hände nicht unter die Scheibe gelangen; das klappt nicht immer.

Im Dorf wird ständig was gebaut, die Finger werden immer weniger. Ich weiß nicht, für wen Vati die Gartenlaube gedacht hat, ich kümmere mich auch nicht darum. Sie gehört uns, und zuerst waren wir, wie gesagt, sechs: die drei Schwestern Moldon, Biber, Igor und ich. Die Schwestern sind praktisch nur in der Nähe der Gartenlaube anzutreffen, als wäre da ihre Ladestation oder als wären sie Geister, die ihren Sterbeort nicht verlassen können.

Ich sitze auf einer Bank in der Laube, vor mir lackiert

Aleksandra ihre Fußnägel. Sie trägt kurze Hosen, hat ein Bein ausgestreckt, das andere ist leicht gebeugt, damit sie die Zehen erreicht. Es riecht nach Nagellack, nach Sägespänen, nach Hühnern – die staksen überall herum und zucken, so wie Hühner eben zucken, als bekämen sie immer wieder einen leichten Stromschlag. Es gibt kein Internet, im Himmel sind nur wenige Satelliten. Die Welt endet bei den Hühnern.

Aleksandra hat lange, olivbraune Beine, und ich bin ihr dankbar dafür, dass sie ihre Fußnägel in meiner Anwesenheit lackiert, denn das heißt, ich gehöre dazu. Aleksandra ist rothaarig, in ihren Augen spielen kleine Teufelchen, an ihren Oberschenkeln ist ein leichter Flaum. Sie ist siebzehn. Es gibt noch Warja, die Älteste; sie ist einundzwanzig, hat einen großen Busen und einen langen Zopf. Und natürlich Kris, sie ist fünfzehn. Eine Träumerin, eine stille Maus.

Unsere Babuschkas kommen vorbei, vom Lebensmittelladen, woher sonst? Sie tragen Aluminium-Milchkannen, drin schläft saure Sahne. Es ist komisch, heute kopieren teure und trendige Läden in Berlin das Konzept unseres Dorfladens, das damals schon so alt wie ein Dinosaurier war: Regionale Produkte ohne Verpackung. Behälter selbst mitbringen. Milch? Besorg dir ein Deckelglas! Und es gibt sie auch nur einmal in drei Tagen, man muss auf einen alten LKW warten, dessen Fahrer mit allen Babuschkas in der Schlange flirtet, und gewartet wird auf der Straße. Die Babuschkas sitzen auf einem verstaubten metallenen Fensterbrett, wie Tote, erstarrt, bewegungslos. Nur keine Energie verschwenden. Babuschkas brauchen Kräfte, um Kartoffeln und Gurken zu ernten. Über irgendwas muss man ja die saure Sahne gießen.

In den Regalen des Dorfladens lagern auch ganze Vorräte Invite-Getränkepulver in 5-Gramm-Päckchen, wie Drogen. Ein Päckchen reicht für zwei Liter Wasser. Ein Wunder! Man schüttet das Pulver ins Wasser, und die Flüssigkeit wird rot, süß und irgendwie ausländisch. So was trinken sie dort, im Westen, stimmt's? Die Werbung für Invite läuft ohne Unterbrechung auf allen Fernsehkanälen. In Afrika gibt es eine Fabrik, die das Pulver herstellt, doch das Land braucht mehr, bald soll eine weitere Fabrik gebaut werden. Wir verzehren Millionen Tonnen von dem Zeug, denn im Unterschied zur Milch muss man auf Invite nicht warten oder Schlange stehen: Es liegt genug da. Ein Mindesthaltbarkeitsdatum hat es nicht, weil es da drin nichts gibt, was verderben kann. Das Pulver schwimmt irgendwo in mir, ich glaube nicht, dass es je den Körper verlassen wird.

»Wie findest du das?«, fragt Aleksandra und zeigt mir ihre grünen Fußnägel.

Ich finde es geil, ich liebe es; wenn du willst, verbringe ich die nächsten zwei Stunden mit dir, ich werde mit der Zeitung fächeln, damit der Lack schneller trocknet. Doch natürlich murmele ich nur ein undeutliches »Passt« und verdrücke mich in Richtung Fluss. Aleksandra bleibt in der Laube, sie schont ihre Nägel.

Ich renne und ziehe mich gleichzeitig aus, ich laufe direkt ins Wasser … und versinke sofort bis zu den Knien im Schleim, in der fetten dreckigen Masse. Es ist kein Meer, wo man stilvoll ins Wasser laufen kann. Der Fluss ist warm und fettig, er strömt wie schwarze Erde vorbei; die Oberfläche ist mit Wasserlilien bedeckt, unten dröseln Fische, man sieht ihre Rücken. Die Wasserpflanzen berühren deinen Körper, doch es ist nicht unangenehm. Dieser russische Fluss ist so: Er will immer Körperkontakt.

Am Ufer sonnt sich die ganze Clique: die beiden anderen Schwestern Moldon, Biber und Igor. Ich komme aus dem Wasser, befreie mich von dem Grünzeug und lege mich neben sie. Biber und Igor führen eine heftige Diskussion. Biber ist klein, jünger als ich und heißt eigentlich Fjodor. Igor ist fast ein Erwachsener, er hat einen Schnurbart und eine Freundin in Sankt Petersburg. Sie streiten sich trotzdem wie Gleichaltrige, ich glaube, es geht um Musik, und Biber ist dabei, den Streit zu gewinnen. Eine Schwester Moldon liest ein sowjetisches Buch, die andere mustert die aus Estland herfliegenden Wolken, auch wenn es wegen der Sonnenbrille eigentlich schwer zu sagen ist, wo sie hinsieht. Die Mädchen machen ständig Witze über Igor, seinen Schnurrbart und seine Freundin – über mich und Biber machen sie keine Witze, und das scheint mir gut so.

Wir kehren zurück, schleppen uns so faul und langsam auf den Hügel, als hätten wir hart gearbeitet. Es ist Abend, die Sonnenstrahlen kommen von der Seite, und weil wir auf einer Erhöhung gehen, fühlt es sich an, als würde die Sonne von unten scheinen – und wir sind im Himmel. Der Erbsenstrauch blüht nicht mehr, er streckt eine Million Hülsen aus, als ob er die ganze Welt erobern möchte. Jetzt die Eiche und die Gartenlaube – alles scheint uns neu, anders, unbekannt. Bloß Aleksandra sitzt noch genauso da, wie ich sie vor ein paar Stunden verlassen habe. Doch bei ihr, auf meinem Platz, sitzt jetzt ein Typ. Er erzählt Witze, sie lacht.

Ich habe ihn schon mal gesehen, er kommt seit ein paar Tagen in die Gartenlaube. Er ist so selbstsicher und fühlt sich so wohl, als wäre unsere Erbsenstrauchgasse eine stinknormale langweilige verstaubte Dorfstraße und nicht unsere geheime Route, als dürfte hier jeder herumschlendern, wie er möchte.

Nach dem Abendessen spielen wir Tausend. Jetzt, wo der Typ plötzlich mit uns abhängt, macht es nicht mehr so viel Spaß, denn jetzt muss einer immer aussetzen, das Spiel ist maximal für sechs Spieler ausgelegt. Der Typ ist einer von den Einheimischen, kein Sommervogel wie wir alle, er arbeitet unten in der Glasfabrik. Artjom ist sein Name. Er ist groß und stark, er stottert, hält sich jedoch souveräner als wir alle zusammen. Er hat einen schweren Blick, doch er ist nicht dumm und passt sich uns an: wie wir spielen, wie wir sprechen; er benimmt sich in unserer Gartenlaube wie ein taktvoller Gast.

Bloß früher, im dünnen Glühbirnenlicht, da waren wir allein auf der ganzen Welt – um uns herum war es schwarz, und in dieser Schwärze standen Häuser, in denen unsere Babuschkas zum Einschlafen ihre mexikanischen Fernsehserien guckten und dann abschalteten. Jetzt ist der Fabrik-Typ auch mit dabei, und wenn wir auseinandergehen, wandert er runter ins Tal, um seine geheimnisvollen Geschäfte abzuwickeln. Früher haben wir uns gar nicht darum gekümmert, was da unten passiert. Nun sind wir irgendwie damit verbunden. Als hätte die Wand plötzlich ein Loch, durch das ein kalter Wind weht.

In meiner Hand sind abgewetzte Karten, Buben und Damen posieren darauf in alten russischen Trachten. Wir legen sie auf dem Tisch aufeinander, als wären wir eine altmodische Partnervermittlung und bildeten Pärchen. Tausend ist kein einfaches Spiel, doch zum Ende des Sommers hin sind wir alle Profis und vermeiden jedes Risiko. Außer Biber, der die ganze Zeit verliert. Von einem Spielfieber kann man hier wirklich nicht sprechen, doch wir treffen uns auch nicht des Spielens wegen. Wir leben so. Genauer kann ich das nicht erklären.

Eine Kassette spielt »Somewhere over the rainbow«. Bässe hören wir kaum, bloß die elektronische Engelsstimme einer deutschen Sängerin. Sie singt von uns und unseren serienguckenden Babuschkas, das ist klar.

»And the dreams that you dreamed of once in a lullaby …«

Ich gewinne, ich führe in der Tabelle, die Aleksandra ordentlich auf einem Notizblatt ausfüllt. Artjom ist nur zweiter. Doch seit drei Runden schon bekomme ich keine guten Karten mehr, wenn es so weitergeht, holt er mich ein. Ich prüfe die Tabelle auf Aleksandras Blatt und sehe, dass seine Hand, die schwere schwarze Hand eines Fabrikarbeiters, auf Aleksandras Oberschenkel liegt.

Nicht demonstrativ, nicht um zu provozieren, doch er versteckt es auch nicht.

Was nun, werden wir einfach so weiterspielen, als ob nichts passiert wäre? Sind das jetzt die neuen Regeln? Ich schaue Aleksandra ins Gesicht – es ist ganz gelassen, ich kann darin nichts lesen.

»Na, was ist mit dir?«, fragt sie. »Sei kein Spielverderber.«

Doch ich kann keine Karte auswählen. Eine neue, noch nie gehörte innere Stimme sagt mir: »Kumpel, es gibt Situationen, wo du gar nichts machen kannst. Gar nichts, Kumpel.« Ich sage meiner inneren Stimme, dass sie mich am Arsch lecken kann, und haue ab. »Sorry, ich muss nach Hause!«

Biber freut sich, denn er musste aussetzen, er ist die Nummer sieben und nun wird er mit meinen Karten einfach weiterspielen. Er hat gute Chancen, endlich mal tausend Punkte zu bekommen. Darum geht es bei diesem Spiel: tausend Punkte zu bekommen. Nicht darum, mit Aleksandra zu knutschen.

Ich gehe weg, bleibe in einer dunklen Ecke stehen. Unsichtbar mustere ich sie alle – die Gartenlaube leuchtet wie eine Kerzenlaterne von der Sorte, die auf Berliner Weihnachtsmärkten verkauft werden. Aleksandra notiert die Punktzahl, die Hand auf ihrem Oberschenkel gleitet höher und höher. Das Gras ist nass. Die Knie sind nach nächtlichen Spaziergängen immer feucht und voller Blasen von den Brennnesseln.

In der Laube stellen sie den Kassettenrekorder lauter, das Techno-Gezirp ist nun deutlicher zu hören. So eine Musik könnten deutsche Insekten produzieren. In Deutschland sitzt keiner ohne Arbeit herum. Nicht so wie bei uns – ich war doch unten, bei ihnen, in der Glasfabrik, da herrscht eine totale Schlampigkeit! Ich glaube, feste Arbeitszeiten kennen sie dort nicht. Man kann hingehen, ein paar Stunden schuften und dann wieder abhauen oder sich auf einen Kasten setzen und ein Bierchen aufmachen. Alle werden reingelassen, sogar Biber und ich konnten uns frei bewegen. Es fließt dort rotes geschmolzenes Glas, und es ist sehr laut. Hinter der Fabrikanlage stehen in endlosen Reihen Kästen mit mangelhaften Apothekenflaschen, die vergeblich auf ihre Wiederverarbeitung warten. Eine Million Flaschen, es macht schon gar keinen Spaß mehr, sie kaputt zu schlagen. Beim zweiten Tausend wird es langweilig. Auch weil sich keiner aufregt.

Ich gehe zum Haus meiner Großeltern, der Mond entkommt einer Nachtwolke, in seinem Licht pflücke ich die letzte Erdbeere in diesem Sommer. Sie schmeckt einfach unglaublich, doch mir ist das egal. Unser kleines Universum, das aus Pflanzen, Tieren und astronomischen Objekten besteht, will mich irgendwie munter machen: »Kopf hoch, Junge! Bist du etwa eine Pfeife? Wir werden es ihnen zeigen!«

Und so kommt es schließlich auch.

Am nächsten Abend ist Artjom nicht da. Wir sitzen in der Gartenlaube, wir sind wieder sechs. Die Schwestern Moldon sehen heute besonders toll aus. Aleksandra ist in bester Laune, sie lacht die ganze Zeit. Ich wusste doch, dass es uns ohne diesen Typen viel besser geht!

»Meine Jüngelchen«, sagt sie zu mir, Biber und Igor. »Ihr seid meine Jüngelchen.«

Wessen auch sonst? Ich bleibe es bis heute: Aleksandras Jüngelchen.

Biber hat überraschenderweise gewonnen, gekämpft hat er, wie ein Löwe gekämpft. Er hat alles riskiert, und heute hatte er Schwein. Jetzt sitzt er da, rot wie eine Tomate und genauso aufgeblasen. Wir gehen bis spät in der Nacht nicht auseinander – wir wollen nicht auseinandergehen. Die Mücken verhalten sich wie Betrunkene, anstatt uns zu stechen, fliegen sie vorbei wie Jetflugzeuge, kehren dann zurück – und fliegen noch mal vorbei. Igor spielt eine Rock-Kassette, so etwas hört er normalerweise, den deutschen Rave duldet er nur, weil er uns gern hat. Heute aber haben wir nichts dagegen, wir waren zu lange zu weich, haben sogar einen Fremden aufgenommen. Nun ist es vorbei, gib uns Metal! Die letzten warmen Nächte, verstehst du?

Ein paar Tage später erfahre ich im Lebensmittelladen, dass man Artjoms Leiche am Rande der Fabrik gefunden hat. Der Schlag war so kräftig, dass der Schädel vom Nackenwirbel getrennt wurde. Der Kopf hätte sich beinahe selbstständig gemacht, er war nur noch durch die Haut mit dem Körper verbunden. Wahrscheinlich wurde Artjom durch einen Schlag mit einem Brecheisen umgebracht. Er lag auf den Glasscherben wie ein indischer Feuerspucker.

An diesem Abend gewinne ich, ich kriege lauter gute Karten. Ich muss mich nicht mal anstrengen, denn mit diesen Karten kann man gar nicht verlieren. Wir alle wissen schon Bescheid, und doch schweigen wir – das Thema Artjom ist abgeschlossen. Was gibt es noch zu reden? Dass menschliche Haut etwas aushält; dass sie elastisch und doch unglaublich fest ist? Die Mücken sind verschwunden, sie sind vom Winde verweht, in den Süden geflogen. Wie immer schnurrt leise die deutsche Plastikmusik. Aleksandra notiert die Punkte mit ihrer deutlichen Schrift, in eine Ecke des Blattes ist eine Blume gezeichnet. Woran denkst du, Aleksandra? Spüren deine Beine noch die kalten Hände des Toten?

Dann hören wir Motorengeräusche. Das ganze Dorf müsste davon aufwachen, doch nichts dergleichen geschieht. Zumindest tritt niemand vor die Haustür. In unsere Gasse – an den Erbsensträuchern vorbei – biegen vier Motorräder ein. Ihre Fahrer finden uns in der Gartenlaube und führen uns zu der Eiche, an der wir damals, beim Versteckspielen, bis zwanzig zählten. Doch jetzt kann sich keiner mehr verstecken, jetzt strahlt ein Motorradscheinwerfer den Baum an und uns davor.

Ich kneife meine Augen zusammen und beschatte mein Gesicht mit der Hand. Vor uns springt ein betrunkener Typ in einer Lederjacke und mit einem Muttermal auf der Wange umher, ein Fabrikarbeiter, ich habe ihn unten schon einmal gesehen.

Er schreit: »Wer hat ihn getötet? Wer war das?«

Die Frage ist wohl rhetorisch, es reicht, uns kurz

anzusehen, und schon kann man weiterfahren, andere Geschäfte erledigen. Wir sehen nicht wie blutrünstige Killer aus. Biber weint sogar.

Der Lederjackentyp geht auf Aleksandra los, schreit sie an: »Du bist mit ihm gegangen! Du hast mit ihm geschlafen! Wer hat das gemacht?«

Aleksandra schaut direkt in seine trüben Augen, nimmt Kris an die Hand und geht.

Der Typ schreit: »Du gehst erst weg, wenn ich es dir erlaube!«

Doch sie gehen trotzdem, und Warja packt den Typen an der Jacke. Sie schreit ihm etwas ins Gesicht, das ich nicht verstehe, gar nicht verstehen will, weil meine innere Stimme wieder da ist, und diesmal bin ich einverstanden mit dem, was sie sagt. Was kann man hier tun, Kumpel? Nichts! Exakt. Nichts ist halt nichts, Kumpel. Gut, dass wir uns verstehen.

Die Typen schlagen Igor einmal in die Fresse, damit sich die Fahrt auf den Hügel gelohnt hat, Biber und mich lassen sie in Ruhe. Sie fahren nach unten, ins Tal, auf ihren Scheiß-Motorkarren. Vati Moldon kommt aus dem Haus, in Boxershorts, er mustert uns grimmig und will Warja zu sich hereinholen, doch sie läuft sowieso ins Haus. Nach einer Minute kehrt sie zurück mit einer Schöpfkelle Wasser und einem Taschentuch, sie wischt Igors gebrochene Nase ab, sie tröstet Biber. Nur mir schenkt sie keine Beachtung, weil ich okay bin. Und ich bin ja auch Aleksandras Jüngelchen, nicht Warjas.

Das Taschentuch ist blutverschmiert. Es war sehr gutes

Wasser in diesem Brunnen, ich habe nie etwas getrunken, das besser schmeckte. Besonders lecker war es, wenn man dieses Wasser aus dem Aluminiumschöpfer trank: Aluminium ist warm und weich und das Wasser so kalt, dass die Zähne schmerzen. Ein schöner Kontrast. Hier, in Deutschland, meinen viele, Aluminium sei schädlich, doch das ist nicht so. Schädlich war es, in Sankt Petersburg in den Neunzigern aufzuwachsen. Aluminium ist voll in Ordnung.

Somewhere over the rainbow way up high.

Den Typen in der Lederjacke – ich habe seinen Namen vergessen – fand man zwei Tage später auf dem Dach eines fünfstöckigen Hauses. Dem einzigen fünfstöckigen Haus im Dorf. Er wurde erschossen. Sie hätten ihn niemals gefunden, doch das Dach war von schlechter Qualität, aus Teerpappe, und das Blut tropfte in das darunterliegende Zimmer, direkt auf den Teppich. Den sie übrigens, wie man im Lebensmittelladen erzählte, nicht weggeschmissen haben. Sie haben ihn mit Aspirin und Sprudelwasser gereinigt, bis er wieder sauber war. Die Glasfabrik hat in diesem Sommer den Besitzer gewechselt, viele wurden deshalb umgebracht. Zwei konkurrierende Gangs. Haben auch so eine Art Tausend miteinander gespielt.

Die Fabrik wurde später modernisiert. Heute heißt sie »Petersburger Glas«. Ich war auf der Internetseite und habe erfahren, dass sie Marktführer sind, sie produzieren nun Flaschen für »stille Weine«. Weine sind bei uns wirklich sehr still. Sie schweigen, egal was man fragt. Laut Wikipedia lebten in dem Dorf 1995 sechshundert Menschen, jetzt sind es dreihundert. Man könnte denken, alle wären ausgewandert, doch das sind sie nicht.

And the dreams that you dreamed of once in a lullaby.

Das Haus mit den fünf Stockwerken befand sich nicht unten, nicht im Tal, wie die Glasfabrik. Es stand ganz oben, auf einer Höhe mit unserer Erbsenstrauchgasse. Das bedeutet, der Tod kam von unten nach oben, erreichte die Gasse und hätte nur noch links abbiegen müssen. Er tat es, als wir das Dorf schon verlassen hatten. Der Herbst war gekommen – Zeit, nach Sankt Petersburg zurückzukehren. Die Sommerferien waren vorbei. Der Sommer dauert nicht unendlich lange.

Als ich nach Hause kam, war mein Vater da. Er war nicht über die Straße gegangen, nicht an Erbsenstrauch und Eiche vorbei, sondern er hatte den Waldweg genommen und so die Vorstellung verpasst. Ich hatte ihn seit dem letzten Sommer nicht mehr gesehen und wusste, dass er am nächsten Tag wieder für Monate verschwinden würde.

Er zeigte Opa gerade einen Zaubertrick: Er vermischte holländischen Spiritus mit Wasser, unter Zuhilfenahme einer speziellen Tabelle. Wenn man alles korrekt machte, und Vater machte alles korrekt, dann wurde die Mischung – von alleine! – warm und trüb. Großvater berührte die Flasche, und ich machte dasselbe. Die Mischung wurde richtig heiß! Dann holte Vater Invite – er hatte mir eine ganze Kiste mit Kirschgeschmack mitgebracht! – und schüttete ein Päckchen Pulver in die Spiritus-Wasser-Mischung.

»Cocktail!«, sagte er.

Mir machte er ein einfaches Invite-Getränk ohne Alkohol. aber Opa und er tranken den »Cocktail«. Opa fand ihn nicht schlecht, und Oma hat auch probiert.

Dann schauten Vater und ich fern, eine Musikshow, auf der Bühne tanzten zwei Frauen mit kahl rasierten Köpfen in Lederdessous. Die Musik und die Frauen fand ich nicht so toll, doch sie waren zu ertragen. Vater war verblüfft, dass ich die Band nicht kannte.

»Na, das ist komisch«, sagte er. »Die sind doch voll im Trend.«

Er kannte sich aus mit Trends, er ging mit der Zeit. Ohne ihn wäre ich heute ahnungslos, ich hätte nicht gewusst, dass diese Band damals in war. Wenn ich später mal mit meinem Sohn vor dem Fernseher sitze und diese Band gezeigt wird, werde ich mein Wissen an ihn weitergeben: »Pass auf, Junge, das ist ›Die Sittenpolizei‹, und das weiß ich von meinem Vater. Merk es dir ganz genau, Junge, merk es dir.« Ich hoffe, die Band wird so alt wie die Rolling Stones. Etwas muss ja von Generation zu Generation weitergereicht werden. Ich hätte mir gewünscht, Vater und ich hätten darüber gesprochen, was das Ganze soll, was das Leben soll – warum wir tun, was wir tun.

Doch wir kamen nicht dazu. Wir kamen nie über »Die Sittenpolizei« hinaus.

Eigentlich ist es voll easy zu sterben. Nicht aber, wenn du den Sommer in einer Gartenlaube mit den Schwestern Moldon verbracht hast. Dann ist es sehr schwer, fast unmöglich. Deswegen lebe ich auch. Sie lebt in mir, diese Gartenlaube, sie leuchtet wie eine Laterne von einem Berliner Weihnachtsmarkt. Es scheint mir alles so lange her, wie eine Geschichte aus einem anderen Leben. Doch eigentlich ist nicht viel Zeit vergangen. Aleksandra könnte meine Freundin sein. Ich habe ein seltsames Gefühl, wenn ich das jetzt schreibe. Aber Aleksandra ist in Sankt Petersburg und schläft, ich glaube allein – sie muss geschieden sein –, und im Nachbarzimmer schläft ihre hübsche Tochter mit den großen Augen. Keiner von uns hat es geschafft, dass Aleksandra glücklich ist. Wir waren ihre Jüngelchen, aber wir alle haben versagt.

Nach der Szene vor der Eiche waren wir auseinandergegangen. Wir wollten nicht mehr spielen. Wir spielten überhaupt nie wieder alle sechs zusammen: Es war mein letzter Sommer bei Oma und Opa und wohl mein letzter glücklicher Sommer überhaupt.

Aber wenigstens habe ich damals die Gartenlaube als ein Sieger verlassen – ich führte die Punktetabelle an, als wir aufhörten. Ich bin Dorfmeister 1995 in Tausend! Ich wünschte mir, alle hätten nach diesem Sommer aufgehört zu spielen, doch so war es nicht – sie spielten in der Gartenlaube weiter, ein paar Jahre lang mindestens.

Am Morgen nach Vaters Erscheinen nahm ich die Kiste Invite mit Kirschgeschmack und ging damit zum Fluss. Ich öffnete ein Päckchen nach dem anderen und schüttete den Inhalt aus. Es bildete sich ein großer roter Fleck auf der Wasseroberfläche, das Pulver löste sich kaum auf. Ich stand bis zu den Knien im Matsch und schaute auf den roten Fluss. Die Strömung trug den Invite-Fleck zur Ostsee; er machte sich, wie ich später, auf den Weg nach Deutschland.

Jetzt ist wieder Sommer, ich fahre nach Rostock, gehe zum Strand, ich finde diesen Fleck. Ich werde Invite mit den Händen ausschöpfen, und dann werde ich alles vergessen.

Revolution

Natascha war eine Gangsterbraut, und das ist nicht nur so dahingesagt: Sie war siebzehn, und sie verkehrte mit Gangstern. Sie war halb mongolisch und halb finnisch, sah aber eher wie eine Thailänderin aus – große Lippen, schwarze Augen, der Pony. Immer ruhig, immer souverän. Der erwachsene schöne Körper einer Frau, die sich mit Gangstern herumtrieb.

Sie hätte eine Figur aus einem sowjetischen Kinderfilm sein können – dort kamen immer solche Aktivistinnen vor, die ihre Nasen überall hineinsteckten, die allen halfen, Geld für Gruppengeschenke sammelten, gestrickte Socken verteilten und so weiter. Nicht weil sie sonst nichts zu tun hatten; sie hatten was zu tun. Sie taten es einfach so, weil sie Lust dazu hatten. Doch in den Neunzigern sah sich keiner mehr diese sowjetischen Filme an, die Aktivistinnen wurden arbeitslos, jeder war sich selbst überlassen. Nur die Gangster bildeten noch so eine Art Kollektiv. Also schloss Natascha sich ihnen an und half, wo sie nur konnte. Nicht bei ihren gefährlichen Aktivitäten, versteht sich. Sie hing einfach mit ihnen rum. Man kann ihr nicht die Schuld dafür geben.

Ich hatte das Gymnasium nach der neunten Klasse

verlassen. Das war nicht die klügste Entscheidung gewesen, und Entscheidung ist auch vielleicht zu viel gesagt, denn ich hatte bewusst darauf verzichtet, daran zu denken, was mich in Zukunft erwarten würde. Schon in der neunten Klasse hatten sich meine Klassenkameraden mit ihren Eltern zusammengesetzt, um alles genau vorauszuplanen. Welche Uni und warum ausgerechnet diese.

Die Eltern hatten auch ihre Beziehungen spielen lassen, damit ihre Kinder einen Job fanden; manche meiner früheren Mitschüler arbeiten immer noch da, wo sie von ihren Eltern hingeschickt wurden. Meinem Kumpel hat seine Mutter eine falsche Behandlung im Krankenhaus arrangiert für ein ärztliches Attest, damit er nach der Schule nicht in die Armee musste. Einer solchen Vorsorge stand ich ratlos gegenüber – in meinem Kopf wehte der Wind, und meine Mutter dachte nur an Deutschland. Deshalb wählte ich schlicht den einfachsten Weg und wechselte zur Berufsschule, um dort zu lernen, wie man Bier braut. Bier klang nach einem lustigen Leben, nach Abenteuer und Abenden mit lachenden Freunden. Ich durfte es ja als Fünfzehnjähriger nicht mal trinken.

Die Schule nach der Neunten zu schmeißen bedeutete damals, bewusst auf die eigene Zukunft zu scheißen. Ich kann mich daran erinnern, dass die Mutter eines Freundes aufgehört hat, mich zu grüßen – wohl aus Angst, ich könnte einen schlechten Einfluss auf ihren Sohn ausüben. Ich war ein Außenseiter. Die Rollen wurden für immer verteilt: Meine Klassenkameraden würden schicke Autos fahren, ich am Rande der Straße in kaputten Schuhen durch Matsch und Dreck gehen.

In der Berufsschule gab es zwei Ausbildungszweige: Nudeln und Bier. »Nudeln« war etwas für die Elite, dort hineinzukommen war ein Glück. »Bier« stand allen offen. Meine Noten waren gut genug für »Nudeln« – aber natürlich habe ich abgesagt. Was sollte ich denn mit Nudeln? Bier, selbstverständlich. Nur Bier. Nudeln? Dass ich nicht lache.

Die Berufsschule war also meine neue Alma Mater. Sie war in einer unglaublichen Ecke der Stadt untergebracht, mitten im Zentrum, nur fünfzig Meter vom Schlossplatz entfernt. Niemand platziert solche mittelmäßigen Einrichtungen im Herzen der Stadt, direkt bei den Palästen. Das ist niveaulos. Doch in der Sowjetunion war das möglich: Die Schule hatte das ehemalige Hotelgebäude annektiert und war dort nicht mehr wegzukriegen.

Der Bier-Studiengang, zumindest das erste Jahr, war mit dem Abschaum besetzt – Skinheads, Drogendealer, Hooligans, Arbeiterkinder. *Lost generation.* Unsere laute Clique stand am Eingang der Berufsschule und jagte ausländischen Touristen Angst ein. Das Zentrum der Stadt war unser Terrain. Verschwindet.

Im zweiten Jahr wurde der Studiengang gesiebt. Übrig blieben nur diejenigen, die imstande waren, wenigstens jeden zweiten Tag zum Unterricht zu erscheinen und nicht »Heil Hitler« im Flur zu schreien. Natascha blieb. Ich blieb auch. Wir fingen an, miteinander zu quatschen. Während des Sportunterrichts. Zum Sport schickte man uns über den Moika-Fluss zum Michaelspark, wo wir unsere Laufrunden machen mussten. Heute ist es ein europäischer Park, man verkauft dort gebrannte Mandeln, man schließt ihn für die Nacht. Damals war es ein schmutziges und trauriges Wäldchen mitten in der Stadt: Passanten traten Pfade aus, aus antiken Statuen stachen Teile des metallischen Gerüstes hervor. Natascha und ich liefen in unseren Sporthosen dort zusammen, ich machte blöde Witze, sie lachte. Ich wusste nichts von ihren Gangstern, dennoch war ich mir sicher, dass sie mich nie im Leben sympathisch finden konnte.

Wenn wir nach der Berufsschule nach Hause gingen, war es üblich, unsere Kommilitoninnen zum Abschied auf die Wange zu küssen – ich kann mich genau erinnern, wie viele Sorgen ich mir deswegen gemacht habe. Einer Frau nahezukommen, sie ausgerechnet auf die Wange zu küssen, schien mir ungefähr so einfach wie ein Raumschiff an eine Raumstation anzudocken. Ich war ein Angsthase. Ohne jegliche Spur von Selbstbewusstsein, dafür überzeugt von meiner Einzigartigkeit. Ein Bücherwurm, der in eine Skinhead-Runde geraten war.

Dann lud Natascha mich zum Geburtstag einer Freundin ein. Mascha hieß sie, sie war in Potsdam geboren und Tochter eines sowjetischen Offiziers. So kam Potsdam zum ersten Mal in mein Leben: als ein Gruß aus der noch weit entfernten Zukunft. Es verschwand danach wieder für viele Jahre. Jetzt aber schreibe ich diese Zeilen in Potsdam.

Es war Anfang Juni. Wir tranken nach der Schule

Bloody Mary, natürlich auf das Geburtstagskind, wir saßen in einer dunklen verrauchten Kneipe, draußen glänzte der Tag, der ewige und durchsichtige Tag, wie Bergkristall. Dann war das Geld alle, wir verabschiedeten uns.

»Lass uns in die Schule zurückgehen«, sagte Natascha. »Wir müssen den Stipendiumsbericht für morgen vorbereiten.«

Das muss man erklären: Sie war unsere Klassensprecherin – wie gesagt, sie war sehr verantwortungsbewusst – und ich für Stipendien zuständig, weil ich aus einer guten Schule kam und kein Skinhead war. Als Stipendium erhielten wir umgerechnet rund zwanzig Euro im Monat, es wurde mir bar ausgezahlt, und ich teilte es unter den Mitschülern auf. Der sinnlose Bericht, den man dafür verfassen musste, war die einzige offizielle Aufgabe, die Natascha und ich gemeinsam erledigten.

Nach mehreren Bloody Mary in die Schule zurückzukehren war eine dämlich Idee – was, wenn sie uns erwischten? Trotzdem sagte ich Ja, wir gingen über den Newski-Prospekt wie zwei Verschwörer und schwiegen. Der Verkehr war eingestellt wegen einer politischen Demonstration, die noch nicht angefangen hatte. Also gingen wir direkt auf der Fahrbahn, und die Polizisten in ihrer hässlichen grauen Uniform warfen uns nur gleichgültige Blicke zu. Und da, ich weiß nicht warum, spürte ich eine ungeheure Erleichterung: als hätte ich früher eine Rolle gespielt und konnte nun ich selbst sein. Ich war kein Versager aus der Berufsschule mehr, kein hoffnungsloser »Bier«-Lutscher, wir waren jung und stark und besoffen und hatten recht, und unsere kleine Demo aus Natascha und mir forderte die ganze Welt heraus. Sie muss es auch gespürt haben, denn dort nahm sie zum ersten Mal meine Hand.

Die größte Herausforderung bestand darin, den Wachmann an der Eingangskontrolle zu passieren, doch er las seine Zeitung und schaute unsere Schülerausweise gar nicht an. Wir stiegen hoch über die enge Treppe, es dauerte, aber wir trafen niemanden – die Unterrichtszeit war ja vorüber. Wir gingen in unser Klassenzimmer, Natascha schloss die Tür, kam näher, umarmte mich, drückte sich so eng an mich, dass es leicht war, ihre Lippen mit meinen zu finden. Eine warme Meereswelle brach über mir zusammen – das Gefühl, das ihre Lippen mir schenkten, war ein komisches, ich nahm alle Puzzleteile, die Unterlippe, die Oberlippe, die Zunge, die Zähne, nicht einzeln wahr, ich wurde hineingezogen und löste mich auf.

Wir standen ziemlich lange so: Nichts Besonderes passierte, es gab keine Entwicklung, wir küssten uns, wie es Teenager tun. Ihr Körper zwischen meinen Händen machte kleine wellenartige Bewegungen ganz im Rhythmus ihrer Lippen, die mich langsam aussaugten. Dann irgendwann holte mich der Wodka ein, den ich getrunken hatte, mir fehlte Luft. Ich löste mich von Natascha und öffnete das Fenster.

Unten füllte eine Menschenmenge die Straße – rote Fahnen, schwarz gekleidete Männer mit kahlrasierten Köpfen skandierten: »Re-vo-lu-tion, Re-vo-lu-tion!«

Die Demo war da. Die Typen waren cool, ich stand am Fenster und starrte sie von oben an. Natascha kam auch zum Fenster, ich drehte mich zu ihr um und begann ihre Bluse, ihre weiße alberne Bluse aus irgendeinem Kunststoff, aufzuknöpfen. Die Haut darunter besaß die Farbe des billigen süßen Kakaodrinks, den wir nach dem Unterricht tranken, und diese neuen Hautflächen, die sich immer weiter vor mir ausstreckten, waren fast nicht zu ertragen, es waren zu viele, und sie wollten einfach nicht enden.

Unten beschwor man immer noch die Revolution.

»Nicht, nachher kommt noch jemand rein«, sagte sie. »Dann schmeißen sie uns von der Schule, und das wollen wir nicht.«

Ich fand das nachvollziehbar und nahm meine Hände von ihr. Aber gegen meine Erwartung und trotz ihrer klugen Warnung legte sie ihre Hand in meinen Schritt. Natürlich regte sich dort etwas und fing an zu brennen – dort, weit entfernt, in der Jeans.

»Hattest du das schon?«, fragte Natascha, als sie mich streichelte.

»Nö«, sagte ich ehrlich.

»Und was ist mit Tamara?« Tamara war meine Freundin aus dem Gymnasium, über die Natascha Bescheid wusste. »Nur die Petting-Stufe erreicht?«

»Ja.«

Ich blieb ehrlich, wunderte mich aber ein bisschen, dass sie wie ein Arzt vor der OP sprach. Dann öffnete sie meinen Hosenschlitz und holte meinen Schwanz heraus.

Der wurde sofort weich und winzig, wurde in ihren Händen zu einem Haribo-Wurm aus der Süßigkeitentüte.

Mehr als vor ihr schämte ich mich komischerweise vor den schwarz gekleideten Männern, die unter uns vorbeimarschierten.

»Mach dir keinen Kopf, das ist normal«, sagte sie mit Lehrerinnenstimme. »Möchtest du es so probieren?«

Sie kniete sich vor mich hin und nahm meinen Schwanz in ihren Mund. Es war nass und angenehm, aber er wollte nicht steif werden, also passte er ganz in ihren Mund. Im Unterschied zu mir ließ Natascha sich nicht beirren, zumindest ließ sie sich nichts anmerken.

Rein – raus.

Aus den Augenwinkeln sah ich die Männer da unten und wusste, dass jeder von ihnen sich gerne von Natascha einen blasen lassen würde. Bloß ich schaffte das nicht.

Dann öffnete sich die Tür, die Putzfrau kam rein. Sie fing sofort an zu schreien, lauter als die Typen da unten – die Situation war ja auch unmissverständlich.

»Sie sind bloß neidisch«, sagte Natascha laut und frech, sofort nachdem sie meinen Schwanz aus ihrem Mund genommen hatte.

Ehrlich gesagt gab es keinen besonderen Grund, neidisch zu sein. Aber Natascha hatte vor nichts Angst, während ich es nicht einmal schaffte, meinen Freund, der mich so allein im Regen hatte stehen lassen, zu verstecken.

Plötzlich das Geräusch von zersplitterndem Glas.

Die Putzfrau, wohl auch nicht von der schüchternen Sorte, stürzte zum Fenster und schaute über meine Schultern nach unten. Die Demonstranten hatten die große Vitrine am Eingang unseres Gebäudes kaputt gemacht, schrien dabei, klatschten sich ab und sahen glücklich aus. Unser Wachmann war auch da, hilflos und verwirrt stand er vor den Scherben umgeben von einer Gruppe aggressiver Typen. Von oben sah man genau, wie seine Glatze vor Schweiß glänzte. Die Putzfrau fluchte und rannte raus – offensichtlich, um ihm zu helfen.

Natascha knöpfte ihre Bluse ordentlich zu und nahm meine Hand. Wir gingen eine Etage höher zum anderen Gebäudeflügel, der am Moika-Fluss stand.

»Hier ist es nicht so laut«, sagte sie, und wir verbarrikadierten die Tür mit zwei Schreibtischen.

Dann öffnete ich wieder das Fenster, denn mir wurde schwindelig. Ich schaute hinaus: Hier gab es keine Demonstranten, bloß die Möwen flogen und schrien, es roch nach Algen, ein Touristenschiff krabbelte auf der Moika.

Während ich Luft holte, ließ Natascha alle Klamotten fallen und streckte ihren Körper auf einem Schreibtisch aus. Sie legte ihre Hand zwischen die Beine und sagte: »Komm zu mir.«

Ich schaute noch mal aus dem Fenster und sah das gelbe Puschkin-Museum. In den sowjetisch eingerichteten Büros saßen Puschkinisten und schrieben ihr Zeug, machten ihre kleinen Puschkin-Karrieren. Von schlechter Ernährung blasse Gesichter, runde Brillen, warme kluge Augen – so könnte auch ein Stasi-Büro aussehen. Und es war ein Teil meiner Stadt, der nicht im Widerspruch zu der Demo auf der anderen Seite des Gebäudes stand, es gehörte genauso dazu.

Plötzlich war mir, als schlüge mir jemand auf den Kopf – ich fühlte, wie sich all die gelben historischen Gebäude, all die Frauen, die in dieser Stadt einen Orgasmus erlebt hatten, die Bücher, die Toten, die schwarzen Winter und weißen Nächte, die kalte Erde des Nordens, in der nur Stein und Sumpf und Kiefer überleben, der Geruch von Meer und Benzin, meine Träume, die Lüge und die Schönheit, so viel Schönheit, sich zu einer Kugel zusammenzogen. Diese Kugel flog in meinen Körper, und ich konnte kaum atmen vor Schmerzen und vor Entzücken. Dann ging ich zu Natascha – sie lag ruhig, eine Schokoladenfrau in der Schneewüste, in einem alten Hotelzimmer, aus dem die Kommunisten einen Unterrichtsraum gemacht haben, wo aber die schmutzige Decke immer noch mit einem Ornament aus nackten Amor-Figuren und zauberhaften Blumen geschmückt war. Es gab Zeiten, in denen hier bärtige Kaufmänner den Zimmermädchen nachstellten. Nun kehrte alles zu den Anfängen zurück.

Ich kann nicht sagen, dass es gar nicht geklappt hat – rein mechanisch gesehen hat es das, doch es war kurz und unangenehm. Wo hier der Spaß liegen sollte, verstand ich nicht, es tat weh. Trotzdem war ich danach von Natascha besessen. Zu meinem Pech liebte sie es, von ihren ehemaligen und gegenwärtigen Freunden zu erzählen – von ihren Gangstern, von den Saunas, die sie gemeinsam besuchten. Die Eifersucht machte mich krank.

Wenigstens wurden wir nicht von der Schule geschmissen. Am nächsten Morgen fuhr ich mit der Straßenbahn auf den Markt und kaufte dort ein paar Kilo Bananen, Rindfleisch mit Knochen und ein halbes Kilo Schokoladenbonbons. Die Einkaufstüte übergab ich der Putzfrau, sie weinte ein bisschen und versprach, für immer zu schweigen. Sie war eine gute Frau.

»Ich könnte dir auch was beibringen«, sagte sie. Doch Natascha reichte mir.

Bald darauf wanderte ich nach Deutschland aus. Natascha und ich schrieben uns zwei Jahre lang gegenseitig Briefe. Danach hörten wir auf.

Fünf Jahre später habe ich sie noch mal wiedergesehen. Sie hatte sich kein bisschen verändert. Der gleiche Pony, alberne weiße Kunststoffblusen. Sie las billige Romane. Sie war nicht klüger und nicht dümmer geworden – sie erstarrte wie eine Biene im Bernstein. Die Berufsschule hatte sie erfolgreich abgeschlossen, danach die Uni, alles ohne große Lust. Überall ist sie Klassensprecherin gewesen, sie organisiert immer noch die Ehemaligen-Treffen. Einer ihrer Gangster hat die Neunziger überlebt, wurde reich, kam in den Staatsdienst. Er war verheiratet, darum schenkte er Natascha eine kleine Wohnung, wo er sie besuchte. Dort lebte sie, ging jeden Tag ins Fitnessstudio und in den Beauty-Salon. Zusammen bereisten sie die ganze Welt. Ihre Reisen waren teuer und inhaltslos, soweit ich das aus ihren Facebook-Fotos erschließen kann. Sie hatte es ziemlich schnell satt.

Vor einem Jahr hat ihr Freund es hinbekommen, eine große Summe Geldes aus Russland wegzuschaffen, er ließ sich scheiden und heiratete Natascha, sie leben heute in den USA.

Sie wäre eine perfekte Chefin in einem kleinen Betrieb gewesen. Das Leben als wohlhabende Mätresse in einer kleinen kalifornischen Stadt aber tut ihr nicht gut. Unser Unglück bestand darin, dass wir in den Neunzigern aufwuchsen und über die sowjetische Arbeitsmoral nur lachen konnten. Wir kannten ja nichts außer Katastrophe und Rezession und wussten nicht, dass bald putinsche »fette Jahre« kommen würden. Als sie kamen, war sie nicht imstande, sich zu ändern – sie hatte sich an den Lebensstil gewöhnt. Doch auch die fetten Jahre sind nun vorbei. Alles ist vorbei. Und trotzdem bitte ich um nichts – gebt mir nur diesen Sommer zurück und meine schöne, arme, zerstörte, gottverlassene Stadt. Die in Lust, in Drogen, in Verbrechen versinkt, doch trotzdem so voll mit Leben und Freude ist, eine helle Stadt, in der junge Männer in schwarzem Leder ihre Fäuste hochheben und nach Revolution schreien und Natascha ihre billige Kunststoffbluse auszieht. Schickt uns alle direkt in den Himmel, lasst es ewig so bleiben, mehr brauche ich wirklich nicht.

125 Kilometer

Im Zimmer meiner Babuschka hing ein Bild mit dem Titel »Troika« an der Wand. Darauf sind drei Kinder zu sehen, die einen Schlitten, auf dem ein riesiges Wasserfass steht, einen Berg hinaufziehen. Ihre Kleidung ist in Fetzen, auf den Gesichtern ist das Leiden deutlich zu sehen, die Kälte durchdringt ihre schmalen Körper. Das Mädchen in der Mitte ist etwas älter als die zwei ausgehungerten Jungs rechts und links von ihm.

Was sind das für Kinder?

Warum ziehen sie dieses gottverdammte Fass diesen gottverdammten eisigen Berg hinauf?

Selbst der Hund, der vor dem Trio her läuft, schaut voller Melancholie und hat, da bin ich mir sicher, einen masochistischen Spaß an der ganzen Sache. Der gottverdammte Hund läuft, als hätte er eine sehr wichtige Leidensarbeit zu erfüllen.

Trotzdem starre ich häufiger als ich will darauf, denn hier hängt sonst nur noch ein Foto von Sergej Essenin, einem Dichter, der sich mit fünfundzwanzig Jahren erhängt hat (man sieht: Meine Babuschka pflegt einen Leidenskult in der Zimmerausstattung). Außerdem hängt die »Troika« ganz nah an der Steckdose, die wir brauchen, um Tee zu kochen. Babuschka gießt dafür Wasser in ein Ein-Liter-Einweckglas und legt einen Tauchsieder hinein, ein Teufelsding, das immer wieder für Brandwunden und Stromausfall sorgt. Sobald das Wasser brodelt, streut Babuschka aus einer Baumwolltüte eine teeähnliche Substanz in das Glas, die aussieht wie graue Sägespäne, bedeckt das Glas mit einer Untertasse und betrachtet die Kinder und deren Fass auf dem Bild.

Babuschka hat zwei Söhne und eine Tochter, meine Mutter. Sie ist die älteste. Es hat lange gedauert, bis ich verstanden habe, dass Babuschka auf dem Bild ihre eigenen Kinder sah. Kein Wunder, dass meine Mutter und ihre Brüder sich ihr Leben lang vor der ihnen auferlegten Aufgabe, ein blödes Fass zu ziehen, zu drücken versuchten. Ich bin mir nicht sicher, dass sie es je geschafft haben.

Ich trinke den Tee, nehme eine Angel in die Hand, packe Brot und Würmer ein und gehe zum Fluss. Vor dem Fluss befindet sich ein kleines Waldstück, aus dem Tag und Nacht optimistische Musik hervordringt. Es ist Anfang der Neunziger, um uns herum sind Kinderferienlager stationiert, in welche die Leningrader Eltern ihren Nachwuchs schicken, damit sie den Sommer zur freien Verfügung haben. Normalerweise treffe ich auf meinem Weg immer ein paar von den Kleinen, die drei bis vier Jahre jünger sind als ich: Sie springen um mich herum, ich suche in meinen Jackentaschen nach Brotkrümeln und streue sie ihnen in den Mund, als würde ich Vögel füttern. Ihnen schmeckt es. Sobald ich die Taschen meiner Erwachsenenjacke geleert habe, ziehe ich weiter.

Der Fluss mäandert ruhig durch Flussauen. Außer apathischen Kühen ist hier niemand. Ich reiße kleine Stücke aus dem Brot, spucke darauf und rolle es zu kleinen Kügelchen zusammen, die ich auf den Haken auffädele. Ich fange selten etwas anderes als kleine und nutzlose Fische, die Babuschka nicht zubereiten kann.

Babuschka wohnt alleine in einem Neun-Quadratmeter-Zimmer mit einem Ofen, einem Fenster und zwei Betten, eins davon ein Hochbett. Sie nennt ihr Zimmerchen »die Hundehütte« oder einfach »das Loch«, doch die Enge kümmert sie nicht wirklich. Sie spielt gern den Clown: Sie tanzt, sie singt oder erfindet zuckersüße sentimentale Geschichten; sie ist eine alt gewordene Pippi Langstrumpf und kann nicht eine Minute lang still sitzen. Nachts, wenn ich oben auf dem Hochbett liege, höre ich ihr Lied: »Ich trauere nicht und weine nicht, nachts stopf ich meine Socken dicht.« Ich krieche unter der Decke hervor und weiß: Gleich werde ich etwas Lustiges erleben. Mit Socken in den Händen präsentiert sie eine neue Clownsnummer. An Energie fehlt es ihr nie.

Hundehütten wie das Zimmer meiner Babuschka gibt es etwa zehn in ihrem Haus, einem alten Holzbau mit zwei Stockwerken, dazu ein Gemeinschaftsklo. Der Ruf des Hauses in der Nachbarschaft ist katastrophal. Um uns herum wimmelt es von wohlhabenden Einfamilienhäusern: Wir hören fröhliche Stimmen, man grillt Schaschlik und spielt Popsongs, ab und zu öffnen sich die Tore, um gepflegte Autos herauszulassen oder Frauen in Badeanzügen, die ihre Kinder zur Badestelle begleiten.

In unserem Haus wohnen dagegen ehemalige Verbrecher, die der Staat nach ihrem Gefängnisaufenthalt irgendwo einquartieren musste – und wo steckt man die besser hin als an den Arsch der Welt. Aus den Augen, aus dem Sinn. Da passt unser Haus doch einfach perfekt. Wir sind 125 Kilometer von Sankt Petersburg entfernt.

Babuschka hat Angst vor den Verbrechern, sie bläut mir ein, mich von ihnen fernzuhalten, doch ich kann mich nicht erinnern, diese Nachbarschaft je als gefährlich empfunden zu haben. Ich weiß, dass unter uns seltsame tätowierte Menschen wohnen, die laut sprechen und sich oft streiten, und wenn sie feiern, dann ist ihre Freude kaum auszuhalten. Sie trinken alles, was Alkohol enthält – sei es Glasreinigungsmittel oder Parfüm.

Hier oben bei uns, im zweiten Stock, gibt es nur zwei Hundehütten und keine Verbrecher – nur Tamara, eine Frau um die vierzig, korpulent und mit einem violetten Bürstenschnitt auf dem Kopf. Meine Mama macht ihr oft ironische Komplimente wegen ihrer Haare, aber Tamara versteht keine Ironie, sie wird rot und verweist immer auf die wunderbaren Eigenschaften des Brunnenwassers, das »pflegt, färbt und Locken macht«. Tamara ist in einen der Verbrecher verliebt; er besucht sie, wenn es ihr gelingt, Alkohol aufzutreiben. Sie ist eine Vermittlerin zwischen der Welt da unten und unserer hier oben. Babuschka hat Angst, dass die dünne Trennwand irgendwann nicht mehr halten wird und die Welt da unten uns verschlingt, bis von uns nichts mehr übrig bleibt, doch noch ist es nicht so weit: Hier, 125 Kilometer von der

Zivilisation entfernt, hat Gott genug Plätze für alle reserviert. Und versorgt uns mit unserem täglichen Brot.

Wir haben Winter, die Welt draußen ist schwarz-weiß. Es ist erst vier Uhr nachmittags, doch die Nacht hat schon begonnen und wird wohl nie enden. Wir gehen in die Wetterstation, in der Babuschka in der dunklen Jahreszeit arbeitet. Wir überprüfen die Geräte und füllen die Tabelle aus: Höhe der Schnee- und Eisschicht, Luftdruck, weitere physikalische Werte, die mir unklar sind. Was wollten die hier, in dieser kleinen Siedlung, 125 Kilometer vor Leningrad, überhaupt mit einer Wetterstation? Wen interessiert, wie viel Schnee in diesem Loch liegt? Scheißviel! Aber nicht so viel wie im Ural! Warum hat meine Babuschka ganze Riesenbücher mit Daten darüber gefüllt?

Ich glaube nicht, dass die Werte je irgendwohin gemeldet oder anderswie verwendet wurden. Es war schlicht und ergreifend so: Die Sowjetunion konnte es sich leisten. Meine Babuschka konnte dort ein bisschen Geld verdienen, insofern war es eine äußerst nützliche Einrichtung, und viele Einrichtungen in der Sowjetunion funktionierten nach diesem Prinzip. Danach kamen die Neunziger, die Wetterstation wurde an einen Privatinvestor verkauft genau wie die Kinderferienlager. Der Wald leerte sich, es gab keine Musik, keine Kinderstimmen mehr. Wie tief die Schneeschicht ist, weiß auch niemand mehr. Es steht in keinem Buch mehr geschrieben und bleibt für immer ein Geheimnis – bis die Sowjetunion zurückkehrt. Doch ich glaube nicht, dass das noch mal passieren wird.

Waren die Ferien vorbei, fuhr ich in die Stadt zurück. Die letzten Monate des Winters waren unerträglich dort: Alle lebten von Vitamintabletten und mexikanischen Serien, bei denen man Palmen, Sonne und eifersüchtige Liebhaber zu sehen bekam. Gangster und Neureiche entdeckten deutsche Autos für sich und stürmten in ihren BMWs und Mercedes über die verschneiten Straßen. Und weil man sonst nichts zu tun hatte, starben viele noch bevor Mitte April der Frühling kam. Deutsche Autos explodierten und brannten, Passanten hasteten schnell vorbei, um nicht eine Kugel zu fangen. Unter den Autos taute der Schnee zu schwarzen öligen Pfützen. Ich saß mit den Füßen auf dem Tisch (mein Lieblingsplatz in der Wohnung) und las langweilige Bücher; spannende waren schwer zu bekommen. Ich vergaß langsam Babuschkas Spielchen und ihre sentimentalen Geschichten. Das Leben schmeckte nach nichts, wie der klebrige Fisch in der Schulkantine. Und dann. Plötzlich. Klingelt es an der Tür. Babuschka ist da! Ohne Anruf, plötzlich wie Schnee. Und du fühlst diese wilde scharfe Freude, die dir fast den Atem nimmt. Niemanden hält es auf den Stühlen, denn, Hallo?, wie kann man da sitzen bleiben, Babuschka ist da! Und natürlich hat sie zwei riesige Kartoffelsäcke dabei, die Kartoffeln sind klein und schmutzig und die Säcke so voll, dass man sie nicht anheben kann, doch Babuschka hat sie alleine zu Fuß vom Bahnhof hergeschleppt, um das Geld für die Fahrkarte zu sparen.

Als Nächstes packt sie diese Tüte mit Bonbons aus, aus der Dorffabrik, die nicht weiß, wie man Bonbonpapier herstellt, und die Füllung ist längst hervorgequollen, sodass alles in einer großen Kugel zusammenklebt und man die einzelnen Bonbons mit dem Messer herausschneiden muss. Und Babuschka setzt sich auf das Sofa und fängt an zu erzählen, und jede alltägliche Geschichte wird plötzlich unheimlich spannend, weil ihre Stimme voller Leidenschaft und voller Leben ist. Alle Wesen, die ihre Welt bewohnen, sind echt, sei es der feige faule Kater oder seien es die Spinner aus dem Sonderferienlager, die aus ihrem Garten Karotten klauen, oder ihr Liebling, der jüngste Sohn, über dessen Naivität und Idealismus sie böse Legenden verbreitet. Alle Geschichten sind so schrill und so spannend, dass man alles geben würde, um sie miterleben zu dürfen.

Sie bleibt für einen Tag, erzählt sich satt, stopft ein paar Socken. Dann fühlt sie sich plötzlich von einer Bemerkung meiner Mutter beleidigt – und weg ist sie, als wäre sie nie da gewesen. Nur die Kartoffeln bleiben, und das ist gut, weil wir genau genommen von ihnen leben.

Einmal hatte Mutter eine große Summe Geld bekommen und investierte es in ein kleines Stück Wald ganz in Babuschkas Nähe. Die Bäume wurden abgeholzt, ein komischer Wohnwagen kam an die Stelle, wo später einmal ein großes Haus stehen sollte. Das Geld aber war aufgebraucht, und so zögerte der Wald ein paar Jahre und fing dann wieder an zu wachsen. Der Wohnwagen blieb in Gebrauch, Babuschka füllte ihn mit Gegenständen, die sie in fremdem Müll gefunden (in den Neunzigern wurde nichts weggeschmissen, was auch nur ein bisschen Wert besaß) oder sich anders angeschafft hatte. Dielen, Stoffreste, Plastikspielzeuge, kaputte Technik – alles, was man in einem Haushalt so gebrauchen kann.

Jetzt ist Babuschka schon seit fast zwanzig Jahren tot. Der Wohnwagen aber ist geblieben. Er rottet 125 Kilometer von Sankt Petersburg entfernt in einem Wald langsam, kaum sichtbar hinter den Bäumen, vor sich hin. Hinter der Tür, zu der es keinen Schlüssel mehr gibt, bewahrt er seine Schätze auf – alles ist noch so, wie Babuschka es 1997 dort deponiert hat. Man kann hinfahren, die Tür aufbrechen, beide Hände in Goldmünzen und Edelsteine tauchen, mit Diamanten spielen – sie funkeln so schön in der Sonne –, man kann sich ein Perlenbad gönnen. Wein aus Silberkelchen trinken. Und wenn man still genug ist: den Sockensong hören. Rausgehen, gleich vor den Füßen eine essbare Pflanze finden. Ja, nach der hungrigen Kriegskindheit war sie eine echte Überlebenskünstlerin.

»Guck mal, ein Stachelhalm«, sagte sie zum Beispiel und zog irgendein Sumpfgewächs aus der Erde. »Weißt du, dass seine Wurzeln besser schmecken als Karotte?«

Und ich knabberte die komische weiße Wurzel, die, glaube ich, selbst von einer solchen Schicksalswendung schockiert war.

Stopfte meinen Mund voll mit Fichtenharz. »Naturkaugummi!«

Trank Holzschwammbrühe.

In Leningrad dagegen verlor sie sich, wirkte dort kleiner und ruhiger, als sie eigentlich war. So alt, so fehl am Platz mit ihrer sowjetischen Kleidung, den Sumpfstiefeln, dem Kopftuch – das wollte einfach nicht passen. In den letzten Jahren zog es sie beim Gehen zur rechten Seite. Sie roch nach Urin.

Wir stehen vor der Isaak-Kathedrale, einer der grandiosesten Bauten auf unserem Planeten überhaupt, doch Babuschka wird nervös, läuft davon, und ich sehe mit einem Schrecken, für den ich mich heute schäme, wie sie ins Gebüsch macht.

»Das, was natürlich ist, ist nie eklig«, sagt sie, sobald sie fertig ist.

Eine von vielen ihrer Weisheiten. Sie fuhr erleichtert in ihre Hundehütte zurück.

Vor ein paar Jahren bin ich noch einmal hingefahren. Die Eisenbahnstation heißt immer noch »125 Kilometer«. Sie wird wohl nie einen neuen Namen erhalten. Viele schöne neue Häuser wurden gebaut, man grillt nun noch mehr Schaschlik, noch mehr Mütter begleiten ihre Kinder zur Badestelle.

Der Brunnen, der die Haare violett färbt, versorgt das Dorf weiterhin mit rotem, sumpfigem Wasser. Das Haus mit den Hundehütten ist das einzige Haus in der ganzen Siedlung, das nun leer steht. Ich weiß nicht, was mit Tamara und mit den Verbrechern geschehen ist. Was ich weiß ist, dass eine fünfundfünfzigjährige Frau mit gebrochenem Herzen aus dem Ural nach Leningrad zog, dass sie es nicht schaffte, eine Wohnung zu bekommen, dass sie zehn Jahre in einer Hundehütte verbrachte und starb. Manchmal sehe ich in Berlin alte Häuser und bleibe stehen, weil ich den Geruch des Hundehüttenhauses wahrnehme – ich kann mich dann nicht vom Fleck bewegen. Stehe da wie ein Dummkopf. Es riecht nach Urin, nach Glasreinigungsmittel, es riecht nach Holzschwammbrühe.

Wir gehen über einen Waldweg, die Sonne folgt uns. Wir sind beide in Sumpfstiefeln, wir tragen Körbe voll kleiner, wurmiger Himbeeren. Wir besprechen, bis wir es satthaben, was wir machen werden, wenn ein Bär auftaucht. Babuschka wählt immer weite Himbeerouten, am besten gefährliche, vorbei an militärischen Schießplätzen oder versteckten Artilleriebasen. Ich werde müde und sie fängt an, sowjetische Komsomollieder der Sechziger zu singen – Lieder, in denen glückliche Menschen etwas zusammen unternehmen, vielleicht eine Fabrik bauen oder eine Brücke oder eine Rakete, oder sie gehen, so wie wir jetzt über einen unendlichen Weg in einem unendlichen Land gehen, und lachen wie die Spinner aus dem Sonderferienlager, die Karotten klauen. Das Tuch, das meine Babuschka in Komsomoltradition als Bandana trägt, rutscht nach hinten, ihre Stirn liegt frei. Sie wird rot von der Sonne und vom Singen. Sie singt von einem unendlichen Weg.

Die Geschichte von Sankt Petersburg

Wir sitzen auf dem nassen Fliesenboden im Vorraum zu den Toiletten einer fremden Schule. In dem alten Gebäude im Zentrum der Stadt gibt es versteckte Treppen, dunkle und verbogene – hat jemand versucht einzubrechen? – Türen. Unser Petersburger Hogwarts. Die Türen führen aufs Dach oder in die benachbarten Häuser, manche führen auch einfach ins Nichts, in den Abgrund, in den schmutzigen Stadthimmel. Die Berührungen von Millionen von Körpern, die groben Lappen der tatarischen Putzfrauen, das Wintersalz von den Straßen haben die Haut der Schule aufgerissen, sie hat Schmerzen.

Heute gibt es hier keinen Unterricht, denn es ist Schulwettbewerb. Alle Schulen aus unserem Stadtteil wurden aufgefordert, ihre Teams zu einer »Olympiade« über die glorreiche Geschichte von Sankt Petersburg zu schicken. Unsere Schulleitung nimmt es nicht wirklich ernst, deswegen vertreten ausgerechnet wir drei, Oleg, Sergej und ich, hier unser Gymnasium. Der Rest der Klasse ist in einem schicken Hotel auf dem Hauptplatz, bei einem anderen Wettbewerb, wo Wirtschaftskenntnisse und Englisch gefragt sind und bei dem man eine Bildungsreise nach London gewinnen kann. Wir kämpfen nicht mit den anderen um diese Reise aus Gründen, die schwer zu erklären und dennoch sehr klar sind: Oleg und ich sind von der Sorte, die richtig tickt, aber trotzdem nie etwas erreichen wird. Deswegen sind wir hier, auf diesem belanglosen Wettbewerb, bei dem es um die Geschichte unserer Stadt geht. Sergej ist ein Asi, ein echter hirnloser Draufgänger, den man uns aufgezwungen hat. Wenn wir uns bei dem Wettbewerb gut präsentieren, kann er mit einer Vier in Geschichte rechnen. Weil er ein Asi ist, geben wir uns Mühe, ihn loszuwerden. Momentan läuft er irgendwo in der Schule herum, während wir, die Intellektuellen, hier auf dem Toilettenboden sitzen.

Oleg durchstöbert seinen Rucksack und holt eine Tube Klebstoff der Marke »Moment« heraus. Er nimmt die Plastiktüte mit dem zweiten Schuhpaar, das jeder Schüler dabei haben muss, und schüttelt seine Schuhe heraus. Danach drückt er ein wenig Klebstoff in die Tüte und presst sie sich an den Mund – nimmt fünf tiefe Atemzüge, lehnt seinen Kopf an die Wand, schließt die Augen.

Olegs Augen sind mandelförmig, sein Gesicht ist rund, seine Haare sind gelb. Er muss finnisches Blut in sich haben oder die Gene anderer, vergessener Völker, die früher hier, an diesem Fluss lebten und sich dann in der Stadt aufgelöst haben, als die Russen und die Deutschen kamen. Oleg sitzt bewegungslos da und schweigt, er sieht aus wie ein Indianerhäuptling, der seine magische Pfeife raucht, um in das Land seiner Ahnen zu reisen und mit den Geistern zu sprechen. Irgendwie passt das zu ihm.

»Moment« ist nicht mein Stoff – selbst für die Straße ist das Zeug zu hart. Es ist eine Zuflucht für diejenigen, die verschuldet sind, kein Geld für was anderes haben, sich selbst aufgeben. Doch jetzt möchte ich mitmachen, ich finde es cool, dass wir heute keinen Unterricht haben, dass wir in einer fremden Schule sind, wo uns nichts passieren kann, selbst wenn wir erwischt werden. Dass wir uns vom Rest der Klasse abgesondert haben.

Oleg gibt mir, ohne die Augen zu öffnen, die Tüte, und ich schnüffele. Der scharfe, chemische Geruch brennt sich einen Weg durch meinen Kopf und landet irgendwo im Gehirn. Ganz unten, auf dem Boden dieses Geruchs, nehme ich ein zärtliches Lilienaroma wahr. Ich konzentriere mich auf dieses Aroma, in meinem Hinterkopf blüht nun eine Lilie auf, sie klingelt wie eine kleine Glocke. Dann reicht es mir, ich lege die Tüte zur Seite, öffne die Augen und sehe: Der Boden und die Decke bestehen aus Tausenden lebendigen Wesen, kleinen Glühwürmchen, die überall unruhig herumkrabbeln. Ich verstehe plötzlich, dass alles vorbei sein wird, wenn diese Glühwürmchen einmal keine Lust mehr haben und erstarren – die Stadt wird auseinanderfallen wie ein Kartenhaus. Doch bislang scheint alles okay zu sein, die Glühwürmchen sind beschäftigt. Sie interessieren sich gar nicht für mich.

Oleg liest ein Gedicht vor – ein dunkles, über Gottes Wächter und andere düstere Gestalten, Freimaurer zum Beispiel. Das macht er immer, wenn er breit ist. Doch diesmal tritt der Wächter Gottes tatsächlich in Erscheinung: Er kickt wütend gegen unsere Tüte und Olegs Schuhe, die über den Toilettenboden zischen wie Ratten.

»Was macht ihr, ihr Fotzen?«, schreit er. »Wie soll ich denn meine Note korrigieren, wenn ihr breit seid?«

»Du bist selber eine Fotze«, antwortet Oleg ruhig.

»Steht auf, Scheißnerds! Der Wettbewerb geht los.«

Wir erheben uns gemächlich und schlendern dem Wächter hinterher. Ich fühle mich wie in einem Tunnel tief unter der Erde, habe Angst, dass wir in eine Grubengaswolke gelangen und pulverisiert werden, weil der Wächter eine Kerze trägt. Ich hole ihn ein und greife seine Schultern mit meinen Händen, stelle aber gleich fest, dass es keine Kerze gibt. Seine Hände sind leer, er stößt mich genervt zurück. Ich kehre zu Oleg zurück – er lächelt, sein verknittertes rotes Hemd, das er immer anhat, seine schmutzigen altmodischen braunen Hosen sehen jetzt stilvoll und elegant aus, wie die Uniform eines Matadors vielleicht. Seine Schritte sind ruhig und weich.

Aus einem Klassenzimmer ertönt eine Melodie, wunderschön, glasklar, traurig. Als ob jemand etwas Fernem und Unerfüllbarem nachweint, das für immer verloren gegangen ist. Es ist unser Raum, Sergej führt uns hinein und ruft: »Gymnasium Nummer 272«. Man weist uns an zwei zusammengestellten Tischen Plätze zu, auf einem Schild steht in feiner Druckschrift der Name unserer Schule, daneben hat jemand mit der Hand gekritzelt: »Lutscher«. Die Hymne von Sankt Petersburg bricht ab.

Ich schaue auf Oleg – wahrscheinlich spürt er die tragische Note auch, denn es sind Tränen in seinen Augen.

Um uns herum sitzen und warten die anderen: Die Jungs sind schlank und groß, alles Brillenträger mit einem leicht ironischen Lächeln, die Mädchen dagegen sind sehr ernst und sehen aus, als wären sie alle für die Buchhaltung eines Kleinunternehmens zuständig und machten nur gerade Pause. Sechs Teams. Wir sind die kleinste Gruppe.

Die Veranstaltung wird von drei Lehrern moderiert. Zwei sind sehr alt, der Mann hat ein schönes, intelligentes Gesicht; sein Kopf zittert ganz leicht, der Rücken aber ist gerade wie die Landebahn eines Flughafens. Die Dame neben ihm ist so fein, so ordentlich, jede Falte in ihrem Kostüm befindet sich im einzig möglichen geometrischen Gleichgewicht. Der Chef jedoch scheint die Dritte im Bunde zu sein, eine korpulente Frau in einem Kleid, das nur eine böse Märchenkönigin tragen kann – Stehkragen, Spitzen und scharfe Ecken, sie könnte die ganze Stadt mit allen Kirchen und Türmen auf ihren großen Körper aufziehen. Die Königin hält eine Rede, aus der klar wird, dass Peter der Große aus irgendeinem Grund sie ausgewählt hat, um ihr die Stadt anzuvertrauen, und dass sie sie an uns weitergibt, damit wir sie pflegen und in die Zukunft tragen.

Ich schaue auf Oleg. Er ist gar nicht anwesend, weit weg mit seinen Gedanken. Ich muss plötzlich an seine Vorfahren denken, die hier lebten, noch bevor es diese Stadt gab, und an seine Nachfahren, die hier bleiben werden, auch wenn der Sumpf, von deutschen Architekten bebaut, wieder zum Sumpf geworden ist.

Die zu lösende Aufgabe bekommen wir in einem Umschlag, den Oleg und ich nicht aufbekommen – irgendwas stimmt mit unseren Händen nicht. Sergej reißt ihn an sich und zerfetzt den Umschlag in zwei Hälften.

»Löst es, Klugscheißer«, sagt er und reicht uns die zwei Zettel.

»Es ist keine Mathematik, Blödmann«, murmelt Oleg.

Zar Paul I wurde im Sommerpalast seiner Großmutter Zarin Elisabeth geboren und wuchs in dem Prachtbau mit Fontänen und einer Pfauenfamilie im Garten auf. Er wollte in diesem Palast auch sterben. Ist sein Traum erfüllt worden?

Toter Zar, düsterer Palast – typisch Schulwettbewerb. Jedes Kind weiß, dass Paul I durch einen Schlag mit einer Tabakdose niedergestreckt und von adeligen Verschwörern mit einem Schal erwürgt wurde. Und zwar in der Michaelsburg, die auf einer Insel mitten in Sankt Petersburg langsam vor sich hin fault. Man sagt, dass der Geist des toten Zaren mit einer blutenden Wunde im Schläfenbereich sich auf der Insel herumtreibt und manchmal die kleinen dunklen Käfige mit Tigern und Löwen besucht – der Zirkus ist praktisch um die Ecke, die Käfige befinden sich unter freiem Himmel. Der Zar kratzt und krabbelt die Nacken von Löwen und Tigern, sie schnurren wie Katzen unter seiner schweren Hand.

»Klar ist sein Wunsch erfüllt worden«, sagt Oleg, »ich weiß nur nicht, warum.«

»Weil es ein und derselbe Palast ist«, sage ich.

»Nein«, Oleg runzelt die Stirn, »er hat das Schloss, in dem er getötet wurde, selber erbaut. Der Palast seiner Oma war das bestimmt nicht.«

»Das Schloss wurde an der Stelle gebaut, wo der alte Palast stand.«

»Ist zu einfach. Wie wäre es damit: Ein deutscher Hofmechaniker erfand eine Zeitmaschine, und natürlich reiste Pavel damit sofort in die glücklichen Tage seiner Kindheit, das heißt in den Palast, wo er geboren wurde. Dort wurde er von Wächtern erwischt – Zaren sind nie vorsichtig genug –, er machte Bambule und wurde schließlich mit einer Tabakdose getötet. Der traurige Mechaniker transportierte die Leiche mit der Zeitmaschine in sein Schloss zurück. Und die Historiker erfanden die Verschwörungstheorie, weil sie es ja irgendwie erklären mussten.« Die Geschichte schießt aus Oleg einfach heraus, er wird ganz rot, er fühlt sich in seinem Element.

»Hör mal, die Geschichte ist okay, aber streich die Scheißzeitmaschine«, sagt Sergej, der aufmerksam zuhört.

»Nein, sie bleibt!«

»Streich sie!«

Mir wird plötzlich übel. »Ich muss hier raus«, sage ich mit einer komischen Stimme und renne aus dem Klassenzimmer.

Wenn ich nur schnell genug laufe, wird die Übelkeit schon weggehen, das Summen in meinem Kopf verschwinden. Ich laufe ohne Ziel und ohne Verstand durch die Flure, die plötzlich anfangen zu pulsieren und im Tempo meines Atems wachsen und schrumpfen. Jetzt fühle ich mich wie im riesigen Darm eines Monsters. Porträts von Puschkin, Gogol, Tolstoi und Dostojewski mustern mich von den Wänden; die Schulroutine hat längst die Seelen aus den Klassikern herausgesaugt. Sie starren mich kalt und gleichgültig mit leeren Knopfaugen an, sie amüsieren sich nicht mal, wie ich mit meiner Klebstoffwunde im Kopf vorbeilaufe, als wäre ich der Geist des verrückten Zaren.

Ich halte bei einer Galerie an, die mit Buntglasfenstern ausgeschmückt ist, die wie durch ein Wunder noch aus der Zarenzeit erhalten geblieben sind. Ich fühle mich besser. Das rote und blaue Licht kommt hier von zwei Seiten, und in diesem Licht sitzt eine wunderschöne Frau und weint. Sie muss um die dreißig sein, trägt einen dünnen violetten Mantel, eine schwarze Strumpfhose und ein graues Kleid. Ich gehe auf sie zu, so wie ich bin, rot und verschwitzt und verblödet, und trete mit meinem Fuß auf eine klebrige weiche Substanz. Ich schaue nach unten und entdecke einen Schmelzkäsewürfel unter meinem Fuß, das billige Käseimitat, das zu Sowjetzeiten unter der Marke »Druschba« oder »Orbita« überall verkauft wurde. Die Käsewürfel liegen um die Frau herum auf dem Boden verstreut. Sie wird wohl eine Tasche voll mit Druschbas getragen haben, die gerissen ist, und der gesamte Käsevorrat fiel auf den Boden. Das würde auch erklären, warum sie so traurig ist.

Ich springe zu ihr, ich schiebe die Würfel zu einem Berg zusammen, lege die Würfel ordentlich aufeinander, wie Ziegelsteine für den Bau einer Käsestadt. Einer »Druschba«-Stadt.

Die Frau – eine unglückliche heulende Frau zwischen all den Käsebergen – versucht, mir mit der Hand zu signalisieren, dass ich aufhören soll, die Würfel zu sammeln.

Doch ich flüstere nur »Warten Sie, warten Sie« und baue vor ihr einen Käseturm. Als der fast vollendet ist – stolze zwanzig Zentimeter hoch –, zieht die Frau mit einem Schrei ihren Schuh aus, den schönen Highheel, und schlägt mit aller Kraft auf meinen Turm ein. Dann beschmiert sie den Boden mit der fettigen, ekligen Masse. Ich stehe auf und laufe davon, in der Angst, dass sie mich verfolgen, mir den Käse hinterherschmeißen wird.

Wieder höre ich die traurige Melodie – die Hymne von Sankt Petersburg. Ich habe das Gefühl, sie ertönt aus jedem Pflasterstein; du drehst im Badezimmer den Hahn auf und das Wasser singt dir vor, wie großartig die Stadt ist. Es ist uns nicht viel geblieben außer diesem Stolz auf die Stadt, die uns nicht mal gehört: Die Straßen, in denen Müllberge wachsen und bettelarme Historiker am Bürgersteig Bücher verkaufen, sind voll von schwarzen BMWs, in denen Typen in Lederjacken unterwegs sind, um »Dinge auf die Reihe zu kriegen«, um zu erpressen, um Angst einzujagen. Wir sind eine Handvoll von Nerds, was bleibt uns übrig außer alten Zarenlegenden.

Oleg und ich, wir sind beide vierzehn und keine Fans der Gegenwart. Die BMWs und Nachtclubs ignorieren wir einfach.

Die Musik kommt aus unserem Wettbewerbsraum. Ich trete ein.

Die Hymne signalisiert den Übergang zur nächsten Aufgabe: Wir sollen einen kleinen Essay über die Geschichte Sankt Petersburgs vortragen und haben dafür drei Minuten Zeit. Oleg macht eine beruhigende Geste und zeigt mir ein Blatt mit seinen hingekritzelten Notizen. Er hat die Zeit, in der ich weg war, gut genutzt. Sergej guckt grimmig und kickt meinen Fuß unter dem Tisch – es tut weh. Während ein Mädchen einen Text vorliest, der mit dem Satz »Eine Petersburgerin zu sein erfüllt mich mit Stolz« beginnt, versuche ich, Oleg von der Käsefrau zu erzählen.

»Das war eine Halluzination«, meint er. »Habe ich auch schon mal erlebt mit ›Moment‹.«

»Scheißjunkie«, urteilt Sergej.

»Ich bin an der Reihe«, brummt Oleg und tritt vor, um seinen Text vorzulesen. »Die Information, die ich euch jetzt anvertrauen werde, hat unsere Stadtregierung mehrere Jahrhunderte lang verheimlicht. Allgemein geht man davon aus, dass Sankt Petersburg an der Newa-Mündung liegt. Newa, Moika, Fontanka und andere Flüsse definieren das Stadtbild. Kurzum: Sankt Petersburg liegt am Wasser. Jein! Das ist leider nur die halbe Wahrheit. In Wirklichkeit ist Sankt Petersburg eine schwimmende Insel, die nur durch ein kleines Stückchen Erdschicht von den Wassermassen getrennt ist. Als ich davon erfuhr, wagte ich ein Experiment. Ich grub ein Loch in meinem Hof. Als ich die Tiefe von einem Meter erreicht hatte, sah ich Wasser – ich hatte den Boden von Sankt Petersburg durchbrochen. Die enormen Verluste in der Bauernschaft beim Bau der Stadt auf Befehl Peter des Großen sind nur so zu erklären: Viele Bauern starben bei dem Versuch, die Insel mit Bindfaden an den Meeresboden zu binden. Sie waren leider miserable Taucher. Die Rettung kam schließlich durch die Perlentaucher, die der Zar dank seiner Verbindungen nach Rotterdam aus den holländischen asiatischen Kolonien in die Stadt bestellt hat. Die Asiaten haben die Stadt befestigt. Puschkin, der übrigens über all diese Vorgänge Bescheid wusste, war Nachkomme eines solchen Tauchers und nicht der Großenkel eines äthiopischen Prinzen, wie stets behauptet wird. Leider wurden alle Befestigungsmaßnahmen nach dem Zerfall der Sowjetunion gestoppt. Die dafür zuständige ostdeutsche Firma ging pleite, weil die Mitarbeiter zurück nach Deutschland fuhren, um Ostmark gegen Westmark umzutauschen. Aus zuverlässiger Quelle habe ich erfahren, dass heute Morgen um sechs Uhr die letzten Bindfäden durch einen starken Sturm zerrissen wurden. Wir spüren es nicht, doch Sankt Petersburg hat sich vom festen Boden gelöst, und wir befinden uns nun in der Ostsee, dreißig Kilometer vom Ufer entfernt. Wir treiben mit einer enormen Geschwindigkeit in Richtung Finnland, ich schätze, bald sind es nur noch etwa fünfzig Kilometer bis Turku. Die geschätzte Kraft des Aufpralls wird so hoch sein, dass wir leider alle sterben müssen. Man kann nichts mehr tun. Danke für die Aufmerksamkeit.«

Alle schweigen, als Oleg zu unserem Tisch zurückkommt und sich neben mich setzt. Er ist verschwitzt, eine gelbe Haarsträhne klebt an seiner Stirn. Die böse Königin steht auf, geht zum Fenster, schaut in die Ferne. Eine schöne Stadt rast dort auf das finnische Ufer zu. Mit einer kräftigen Bewegung schließt die Königin die Gardinen, dreht sich zu uns und beginnt zu applaudieren – was nicht so schlimm wäre, hätte sie dabei nicht so unnatürlich gelacht.

Sie hebt die Hände und fordert uns auf mitzuklatschen – manche tun es tatsächlich. In der Art, wie sie Oleg anschaut, lese ich kaum versteckten Hass.

»Ihr zwei geht mir auf den Sack«, sagt Sergej und verlässt den Raum.

Wir werden ihn heute nicht mehr sehen.

Beim Wettbewerb landen wir auf Platz drei. Die ältere Dame rettet uns, indem sie Olegs Geschichte die volle Punktzahl gibt. »Das erinnert mich an die postdekadenten Fantasien der Zwanziger«, erklärt sie.

Sergej bekommt eine Vier in Geschichte, aber am Ende des Jahres verlässt er trotzdem die Schule. Oleg und ich bleiben ein Jahr länger.

Letztens bekam ich auf Facebook eine Freundschaftsanfrage aus Brooklyn. Ein geschminkter Tätowierer namens Serg wollte mein Freund werden. Ich habe lange gebraucht, bis mir einfiel, wo ich diesem schweren Blick schon einmal begegnet war: Erst abends, vor dem Einschlafen, realisierte ich plötzlich, dass es Sergej war. Seitdem begleite ich sein Leben. Er schreibt manchmal auf Englisch Posts über seine Liebe zu einer schwarzen Frau mit einem klugen und müden Gesicht.

Seltsamerweise haben fast alle Teilnehmer des Wettbewerbs damals Sankt Petersburg verlassen. Man trifft sie an Universitäten und in IT-Abteilungen in Frankfurt und Toronto, Kaiserslautern und Helsinki. Jeden von uns kann man mitten in der Nacht wecken und fragen, in welchem Jahr der Mariinski-Palast oder eine andere Sehenswürdigkeit errichtet wurde. Wir geben die korrekte Antwort. Die Schüler dagegen, die an dem Wirtschaftswettbewerb im Hotel teilgenommen haben, sind alle noch in Russland. Manche zogen nach Moskau, dort gab es bessere Löhne. Einige sind nach ein paar Jahren zurückgekehrt.

Was Oleg angeht: Ihn kann man jeden Abend auf der Wassiljewski-Insel treffen. Nach unserem Schulabschluss ist er dorthin gezogen. Er parkt dort sein altes deutsches Auto und geht zu seinem Haus. Er bewegt seine Beine etwas ungelenk, fast tollpatschig. Die Insel Sankt Petersburg schaukelt ein wenig bei schnellerem Tempo.

Pakete

Es ist ein Wintermorgen, die Sonne steckt im kalten Himmel fest wie eine Kaki-Frucht in Eis. Meine Mutter und ich stapfen durch den tiefen Schnee, unsere Füße heben wir kniehoch, wie bei der Sportgymnastik. Dies hier ist die letzte U-Bahn-Station, der Schnee ist superweiß, nicht zu vergleichen mit dem ekligen grauen Zeug im Stadtzentrum. Die Plattenbauten um uns herum, die mit beigen Mosaiksteinen verkleidet sind, wurden erst vor Kurzem hochgezogen, aber sie sehen schon alt aus. Auf den verglasten Balkonen stapelt sich der Sperrmüll, man benutzt sie, wie es in Russland üblich ist, als Abstellkammer für unbrauchbare Sachen, die zu schade sind, um sie wegzuwerfen.

Die schnurgerade Straße ist so breit, dass man, wenn man am anderen Ende angekommen ist, schon vergessen hat, wohin man unterwegs ist und warum man sie eigentlich überqueren wollte. In der Mitte fahren Straßenbahnen, die nicht geneigt sind, abzubiegen; sie brausen, laut und schrill, an einem vorüber und verschwinden in der Ferne, werden zu einem Punkt am Horizont.

Wir sind unterwegs, um etwas abzuholen. In den Neunziger Jahren schickten uns die Deutschen Hilfspakete, um den Schock über das, was in unserem Land passiert war, ein wenig zu mildern. Einige der Transportkanäle führten durch Schulen, an denen Deutsch unterrichtet wurde. Die Deutschen dachten wohl, wenn an einer Schule jemand ihre Sprache spricht, dann schaffen die Russen dort es wohl irgendwie auch, die Hilfe unter den Bedürftigen aufzuteilen. Der Gedanke war plausibel, doch das Ergebnis war nicht ganz im Sinne der Helfer: Die Schulleitung teilte alles unter sich auf. Was übrig blieb, wurde den Deutschlehrern, wie meiner Mutter, zur Verfügung gestellt, die diese Hilfe vermittelt haben. Abholen musste man es allerdings selbst, und zwar am Stadtrand.

»Was wird drin sein in den Paketen? Na? Was glaubst du?«, fragt Mama, die ein bisschen Spannung aufbauen möchte. Ich soll nicht so unglücklich gucken, der Weg ist zwar lang, doch der Lohn wird süß. Die Pakete sind zum Greifen nah.

Ich ziehe den Schlitten hinter mir her, natürlich nicht aus Spaß, das ist ja unsere Wertsachentransportmaschine. Die Kufen kratzen auf dem Asphalt, als wir die Straße überqueren. Das Geräusch ist fast unerträglich, doch Mama sagt nichts, sie leidet schweigend, weil wir ein Team sind, wir beschaffen Hab und Gut für unsere kleine Familie. Tun unseren schmutzigen Job.

Was wird in den Paketen sein? Ich wünsche mir einen Kassettenradiorekorder und jede Menge Marzipan. Doch ich bin Realist: Marzipan findet man recht oft zwischen den Schichten von Gebrauchtkleidung. Kassettenrekorder dagegen lassen die Deutschen nicht so schnell nach Russland wandern. Warum sollten sie auch.

An einer Haltestelle bleiben wir stehen und warten auf die Straßenbahn. Außer uns ist niemand zu sehen.

Mama trägt eine Kosakenmütze, hohe Stiefel und eine bademantelähnliche Jacke mit asiatischen Ornamenten, die jeden Perserteppich vor Neid erblassen lassen würde. Sie sieht aus wie ein Steppennomade. Ich trage die wohl kleinste Bundeswehrjacke die es gibt, sie muss für Zwergsoldaten gedacht gewesen sein. Der, dem diese Jacke gehört hat, wurde schließlich Pazifist, seine Jacke schickte er nach Russland, nun trage ich sie.

Die Straßenbahn kommt nicht. Auch sonst passiert nicht viel. Die Kaki-Sonne verschwindet aus lauter Langeweile. Manchmal sieht man Hausbewohner auf den Balkonen, sie rauchen eine Zigarette, holen aus dunklen Balkonecken verstaubte Gläser mit Himbeermarmelade, bringen sie in ihre Küchen. An die Luft trauen sie sich nicht.

Ein Schneesturm setzt ein. Die Flocken werden durch die breite Straße gejagt, der Schnee fliegt aus irgendeinem Grund von unten nach oben, als wollte uns der Wind etwas beweisen. Als unsere Kleidung komplett von einer Schneekruste bedeckt ist, erscheint aus dem Nichts eine absolut leere Straßenbahn.

Drinnen zieht es gewaltig: einige Glasscheiben sind herausgebrochen. Wir klopfen den Schnee aus unseren Jacken und setzen uns auf die Holzsitze, die gepolstert und mit einem violetten Wachstuch bezogen sind. Unter den Sitzen sind Heizungskörper installiert, und sie geben richtig Vollgas: Bald brennt es an den Körperteilen, die mit den Sitzen in Berührung kommen. Andere Körperteile dagegen frieren, der kalte Wind weht, wo er nur mag. Dieser Kontrast zwischen heiß und kalt ist angenehm, die Temperaturen gleichen sich aus. Wir bemerken nicht sofort, dass ganz vorne rechts eine in mehrere Tücher gewickelte Oma sitzt. Sie sieht aus wie eine Kugel. Das muss die Schaffnerin sein. Doch sie will uns keine Fahrkarten verkaufen, sie sitzt ohne Regung dort, vielleicht ist sie schon längst gestorben und dreht jetzt ihre Runden am Rande von Sankt Petersburg.

»Gutes Timing, die Bahn kam gerade rechtzeitig«, sagt Mama mit einem aufmunternden Ton, um irgendwas zu sagen. Wind weht von der Seite – der Schnee fliegt rein durch die Fenster, ein Teil davon fliegt wieder raus. Die Straßenbahn beginnt zu wackeln, sie gibt richtig Gas, das spüren wir an unserem Hintern, es wird heiß dort.

Durchs Fenster sehe ich neunstöckige Plattenbauten; vielleicht ist es immer noch derselbe Komplex wie an der Bahnstation? Hier in dieser Gegend baut man Häuser, die kilometerlang sind, ich habe das Gleiche im Spiel »Simcity« gemacht, als ich schnelles Geld brauchte: eine unendliche gerade Straße gebaut und Wohnblocks daran entlanggepflanzt – keine Geschäfte, Theater und Museen, nur Wohnblocks. Mama spricht die Schaffnerin an, damit sie uns Karten verkauft – vergeblich, kein Lebenszeichen. Wir haben Angst, näher heranzutreten, man weiß ja nie, was einen erwartet. Also lassen wir die Frau in Ruhe.

Die Straßenbahn erreicht die letzte Station, mitten im Nirgendwo, im Feld. Zu Sowjetzeiten hatte man geplant, auch hier Häuser zu bauen, doch die Sowjetunion ging zugrunde, und es gab wohl andere Sorgen. Die Straßenbahnstation aber blieb, wahrscheinlich wurde sie einfach vergessen. Glück für uns, denn die Station liegt nicht weit von dem kleinen Güterbahnhof, wo man Pakete aus Deutschland verteilt. Wir müssen nur das Feld überqueren.

Wir marschieren tapfer durch Schnee. Was genau sich unter der Schneeschicht verbirgt, ist nicht ganz klar. Gras? Erde? Eine Müllhalde? Irgendetwas wackelt da unter uns – egal, wir müssen ja die Pakete holen, und es wird langsam dunkel, auch wenn es erst 3 Uhr am Nachmittag ist. Auch der Wind macht keine Anstalten, nachzulassen. Das Schlimmste ist aber, dass am anderen Ende des Feldes rechts und links gleich zwei beleuchtete Gebäudekomplexe zu erkennen sind – welcher davon ist der Güterbahnhof? Wir entscheiden uns für das rechte, näher liegende Gebäude. Mama gibt nicht nach, tapfere Sprüche zu äußern: »Wir sind fast da« oder »Ich bin gespannt, ob wir den richtigen Weg gewählt haben, es wird amüsant, wenn es nicht die Station ist«. Doch amüsant wird hier garantiert gar nichts, denn der Wind ist sehr kalt, und wir werden es nicht so lange draußen aushalten. Wir würden müde werden und erfrieren.

Als wir das beleuchtete Objekt erreicht haben, erkennen wir: Es ist eine Armeestation. Stacheldraht, gepanzerte Fahrzeuge, aufmunternde Parolen auf rotem Stoff. Oberhalb des Zauns ist ein Scheinwerfer installiert, und in seinem Schein fällt der Schnee so schnell und so dicht wie Theaterschnee, der endlich eine gute Rolle bekommen hat und nun zeigen will, was er so drauf hat. Mama ist schon seit zehn Minuten still. Ich traue mich nicht, sie anzuschauen, geschweige denn anzusprechen. Die Tatsache, dass wir nun umkehren müssen, um unser Glück bei dem anderen Objekt zu versuchen, kommentiert sie nicht. Sie sagt auch nicht »wie amüsant«. Sie kehrt um und ich mache dasselbe – wir sind schließlich ein Team, oder? Wieder Gewackel unter unseren Füßen. Was ist, verdammt, unter diesem Schnee? Was versteckt er? Hinter uns Panzer und Raketen, die Armeestation gibt uns Deckung. Vor uns warten Pakete, die vor Monaten in Deutschland zusammengestellt wurden, ich hoffe, mit Liebe. (Wenn ich recht überlege, wäre es auch ohne Liebe okay. Danke für alles!) Dann wurden die Pakete bis zu diesem Nordfeld, bis ans Ende der Welt gebracht. Es ist zu spät aufzugeben. Wir müssen immer weiter. Wir müssen sie bekommen.

Mir wird heiß unter meiner Jacke, ich schwitze vom schnellen Gehen. Der Schnee dringt durch alle Spalten, Risse und Schlitze, er wird zu heißem Wasser, das wiederum noch kleinere Durchlässe findet. Ich bin mein eigener Planet mit globaler Klimaerwärmung. Mama, sofern ich sie im Dunkel erkennen kann, ist rot im Gesicht und sieht jünger aus, fast wie ein Mädchen. Wir sind langsamer geworden, wir schleppen uns zum Bahnhof – jetzt ist ein Zug zu erkennen und etwas, das sich unter einer Straßenlaterne bewegt. Bald wird klar: Es sind zwei Menschen, die irgendetwas in den Kofferraum eines Lada Nivas packen. Nicht irgendetwas – es sind Pakete! Dass sie aus Deutschland stammen, kann man schon von Weitem erkennen, sie haben diese unangenehme schrille Senffarbe und sind zudem sehr fest – seit ich zu groß für mein Kinderbett wurde, schlafe ich auf diesen deutschen Paketkartons, wir haben eine Matratze darübergelegt. Ich kenne mich also aus. Jetzt lassen sich auch die Menschen identifizieren: eine Frau, sie trägt eine China-Daunenjacke, und ein Typ, wahrscheinlich ihr Ehemann, in einer russischen Militärjacke. So etwas haben wir alle in diesem Winter getragen, das ganze Land, sie waren warm und fast kostenlos. Unsere Armeen haben überall verloren, es gab genug Militärkleidung für alle. Jetzt gerade hat sich das Glück gedreht, unsere Armeen gewinnen. Ich weiß nicht, was schlimmer ist.

Als wir aus dem Dunkel heraustreten, hören die beiden auf zu packen.

»Irina!«, sagt die Frau mit einem Schrecken. »Wie seid ihr denn hierhergekommen? Doch nicht zu Fuß!«

»Guten Abend«, erwidert meine Mutter trocken und geht an der Frau vorbei, als fände diese Begegnung in einer Schulkantine statt.

»Guten Abend!«, sage ich auch und folge Mama.

»Sie haben schon zugemacht! Leider! Wir haben es gerade noch in der letzten Sekunde geschafft«, schreit die Frau uns hinterher mit einer herzlichen Note in der Stimme. Mama reagiert nicht.

An der Tür des Paketzentrums hängt ein riesiges rostiges Schloss. Es ist so riesig und so rostig, dass klar ist: Die Lage ist hoffnungslos. Doch Mama wirft einen flüchtigen Blick auf das Schloss und geht einfach weiter, als ob dieser Eingang was für Dorftrottel wäre und es für Schlauköpfe, wie wir es sind, eine spezielle Tür weiter hinten gäbe. Und tatsächlich, auf der anderen Seite des Hauses befindet sich eine weitere Tür und sie ist sogar offen – daneben steht ein Mann mittleren Alters und raucht. Aus irgendeinem Grund ist er barfuß. Seine Füße sind schwarz, wie die eines Hobbits.

»Ist schon zu. Alles vorbei. Den Rest hat man abtransportiert«, sagt er. Unsere Erscheinung überrascht ihn in keiner Weise.

»Wohin abtransportiert?«, fragt Mama.

»Nach Sibirien.«

»Mit dem Zug?«

»Das hier ist ein Bahnhof, also ...«

Doch Mama hört nicht mehr zu. Sie geht zu den Gleisen.

Für einen Moment denke ich, sie will entlang den Bahnschienen zu Fuß Richtung Sibirien aufbrechen, um unsere Pakete aufzuspüren und einzufordern. Und tatsächlich gehen wir ein paar Hundert Meter an den Schienen entlang, bis wir eine Lokomotive erreichen, die vor einen Güterzug gespannt ist. Der Zug macht sich gerade zur Abfahrt bereit, der Motor brüllt, die Lokomotive zittert und macht ein unangenehmes metallisches Geräusch, als ob sie krank wäre und bald stürbe. Oben an der Lokomotive gibt es eine kleine Eisentür für den Lokführer. Mama nimmt einen Stein und klopft an der Tür.

»Mama, hör mal, der Typ hat doch gesagt, es ist zu spät«, sage ich plötzlich. »Müssen wir wirklich Stress machen?«

Sie bleibt stehen, mustert mich aufmerksam, als wäre sie nicht meine Mutter, als hätte mich diese Lokomotive gerade geboren. Ich stehe da wie ein nasser Kloß, wie ein Haarbällchen, das ein Kater ausgekotzt hat. Rot, verschwitzt, in einer blöden Bundeswehrjacke. Es ist Zeit, aufzugeben und zurückzugehen, das weiß ich ganz bestimmt. Ich kann nicht mehr.

»Natürlich müssen wir Stress machen«, sagt Mama sehr langsam. »Was fällt dir überhaupt ein?«

Die Lokführertür öffnet sich. Mama klettert hoch. Ich warte eine Minute und folge ihr. Den Schlitten habe ich mir über die Schulter geworfen, wie einen Rucksack.

»Guten Abend«, sage ich, sobald ich oben ankomme. So hat mich meine Mutter erzogen: Erst mal »Guten Abend«, egal wie unübersichtlich die Situation ist.

Die Lokomotivkabine ist eng, sieht aber wie ein interessanter Raum aus, viele Knöpfe und Hebel auf einer grauen Kontrolltafel. An der Wand kleben Bilder von Frauen in Unterwäsche. Der Lokführer ist allein, und meine Mama versucht ihn zu überzeugen.

»Verstehen Sie, da sind unsere Pakete drin. Sie müssen die Waggons öffnen.«

Der Lokführer ist ebenfalls rot und verschwitzt, obwohl es in der Kabine gar nicht so heiß ist. Er legt irgendwelche Hebel um und nimmt meine Mama kaum wahr. Zum Glück ist er nicht aggressiv und nicht wütend. Wird wohl seinen Sinn haben, dass die komische Frau mit ihrem Sohn hier ist.

»Liebe Frau«, flüstert er. »Ich muss aufbrechen, ich habe einen Fahrplan einzuhalten.«

Plötzlich tutet der Zug. Unter uns kracht es, und die Station, die ich durchs Fenster sehe, setzt sich in Bewegung. Langsam brechen wir ins Dunkle auf, das sich rechts von uns erstreckt, unendlich wie das Weltall, vermutlich das Feld, das wir gerade überquert haben.

Mama schweigt, schaut nach vorn, auf die Schienen, auf den fallenden Schnee im Licht der Scheinwerfer. Das Bild ist faszinierend. Der Lokführer schweigt auch. Ich traue mich nicht, etwas zu sagen.

»Wohin fahren Sie, nach Sibirien?«, fragt Mama.

»Nein, in den Süden. Bis Nowgorod kann ich euch problemlos mitnehmen.«

Wir holen einen Mann ein, der langsam die Schienen entlanggeht. Er steckt bis zu den Knien im Schnee. Er bleibt stehen, mustert uns, schützt seine Augen mit der Hand von dem grellen Licht des Scheinwerfers. Dann kommt eine Weile nichts mehr, vermutlich nichts bis Nowgorod.

»Halten Sie den Zug an«, sagt Mama ganz still.

Ich erwarte eine lange Diskussion und viel Geschrei, doch der Lokführer drückt auf die Bremsen. Mit einem fürchterlichen Geräusch halten wir an.

»Holen wir unsere Pakete«, sagt Mama und schiebt den Lokführer aus der Kabine. Ich folge ihnen.

Die Waggons sind rot, bestehen aus russischem Militäreisen, auf jedem steht ein Produktionsdatum, und diese Daten sind frisch – erst ein paar Jahre alt. Doch die Waggons sehen so aus, als ob sie von Archäologen ausgegraben wurden. Als hätte schon Alexander der Große damit seine Armeen transportiert.

»Welcher Waggon?«, fragt der Lokführer.

Wir haben ungefähr dreißig zur Auswahl.

»Was ist denn drin?« Er friert und will weiterfahren, klingt nun nervös und ungeduldig.

»Alte Kleidung«, sagt Mama müde.

Fast am Ziel angekommen verliert sie plötzlich Interesse an dem ganzen Vorhaben. Sie geht alleine zum Ende der Waggonreihe, zum Ende des Zuges.

»Hey, Madame«, schreit der Lokführer. »Ich mag dich! Heirate mich! Wir werden deinen Sohn großziehen. Wozu brauchst du die alte Kleidung? Wir können uns auch neue leisten. Im Süden. In Sotschi.«

Mama bleibt stehen. Sie kehrt um. Macht ein ernstes Gesicht. »Nein«, sagt sie. »Das wird nicht passieren. Wir werden nach Deutschland ziehen.«

Das ist das erste Mal, dass ich von diesen Plänen höre, doch für eine Diskussion ist es nicht der passende Moment. Was soll ich machen, in die Kabine zurückkehren, in den Süden fahren? Was soll ich allein im Süden? Was soll ich in Deutschland?

Plötzlich läuft jemand an uns und dem Lokführer vorbei. Es ist der große Typ in der Lederjacke, den wir vor Kurzem überholt haben. Er klettert in die Lokführerkabine, die Tür steht immer noch offen. Der schockierte Lokführer läuft hinterher, klettert hoch. Eine Sekunde bleibt es still in der Kabine, dann sind Geräusche einer Prügelei zu hören. Was will er, dieser Lederjackentyp? Den Zug stehlen?

»Gehen wir«, sagt Mama und macht ein paar Schritte. Ich folge.

Dann bleibt sie stehen. »Du magst doch Schlittenfahren, nicht wahr? Lass uns Schlittenfahren, damit wir an diesem Tag auch ein bisschen Spaß haben.«

Die Idee ist komisch, doch nicht unrealistisch: Der Zug fährt auf einem Damm, man kann ihn von hier oben aus heruntergleiten. Es ist stockfinster, doch Bäume müsste man eigentlich erkennen, wenn sie da wären, und man sieht keine, das ist schon mal gut. Natürlich könnte unten eine Schlucht oder ein durch Schnee verdeckter Fluss auf uns lauern. Das stört uns aber nicht weiter.

»Los, du willst es doch, das weiß ich!«, sagt Mama.

Will ich ehrlich gesagt nicht, deswegen stehe ich so verdutzt da.

»Na, schau«, sagt Mama, nimmt den Schlitten und gleitet nach unten, verschwindet in der Dunkelheit.

Ich bin allein, weder von unten noch aus dem Zug ist ein Geräusch zu hören. Sehen kann ich auch nichts. Die Prügelei scheint zu Ende, doch der Zug fährt nicht, wartet auf etwas. Alles ist jetzt still, alles ist müde – müde vom Gehen, vom Sprechen, vom Kämpfen. Ganz nah bei uns, in einem der Waggons, schlafen unsere Pakete, schläft das Marzipan, schlafen die 200-Gramm-Schokoladentafeln von Aldi, die leckeren, mit ganzen Mandeln, schlafen die süßen Frühstücksflocken aus der roten Packung mit dem lustigen Frosch drauf (wir essen sie einfach als Nachtisch, ohne Milch), schlafen pulverisierte Tomatensuppen und Sahne in Konservendosen. Schlafen waschmaschinegewaschene Pullover und Jeans in verschiedensten Farben, schlafen Jacken, die für deutsche Kinder zu klein wurden.

Ich warte eine Minute und dann rutsche ich los, einfach so, ohne Schlitten, auf der Seite liegend. Der Schnee bringt mich sanft nach unten, wie eine große warme Hand.

Die Volksrepublik Eifel

Ich stehe auf einem Grabstein. Vor meinen Füßen zwischen den Herbstblumen jammert ein Typ auf allen vieren. Die weiße Jacke ist nun schmutzig, und seine Nase ist gebrochen. Wenn er ein- und ausatmet, ertönt ein Pfeifgeräusch, wie wenn Luft aus einem Gummispielzeug ausströmt.

Ich weiß nicht, was ich machen soll, ich lasse ihn so hocken und atmen, ich steige von dem Grabstein herunter und laufe bergab, die Volksrepublik Eifel, die Volksrepublik Eifel, ich bin dein Bürger und dein Soldat. Deine Wälder verbergen mich, deine Tränen beweinen mich, deine Weisheit behütet mich.

Äste knacken unter meinen Füßen, meine Schritte lassen das Moos schwitzen, es sieht so aus, als ob die Bäume hier herumschlendern, nachdenklich, unsicher, sie tauschen ihre Plätze, ihre Wurzeln kriechen wie Würmer, um mich kümmern sie sich einen Dreck. Ich boxe mich durchs Gebüsch und komme zu einer Bank; sie wurde von dem Notar Morbitzer-Caspari gestiftet, teilt mir ein Schild mit. Ich krieche unter die Sitzfläche und verstecke mich, ich rolle mich ein wie eine Brezel, ich erstarre.

In die Volksrepublik Eifel hat mich ein alter Gangster mit seiner Unterschrift geschickt. Ich war sechzehn und lebte allein am Rande von Sankt Petersburg, was einer Reihe von Glücksfällen zu verdanken war, einer Erfolgssträhne, die sich seitdem nie wiederholt hat: Meine Mama hatte es erst geschafft, eine Wohnung im Norden der Stadt zu bekommen, und dann einen Mann gefunden, der sie aus Russland nach Rheinhessen in Deutschland brachte. Ich sollte so schnell wie möglich nachkommen, doch das überforderte deutsche Konsulat bearbeitete meine Papiere zu langsam, ich steckte in Petersburg fest, im Schwebezustand, wie ein Geist, ohne festen Boden unter den Füßen.

Die Mühlen der Bürokratie mahlten fast ein Jahr lang, bis ich endlich ein Visum hatte. Es gab da noch eine Kleinigkeit: Ohne die Genehmigung meines Vaters durfte ich Russland nicht verlassen. Ich war ja noch minderjährig. Mama konnte oder wollte meinen Vater in der großen Stadt nicht finden und schickte mich zu den Gangstern, die Papiere fälschten (solche nützlichen Kontakte hatte damals fast jeder in seinem Notizbuch). Ich fuhr in eine alte Straße im Zentrum der Stadt, klingelte bei einer noblen Wohnung, wo alles nach schnellem Geld und baldigem gewaltsamem Tod roch und gelangweilte Prostituierte in kurzen Bademänteln von Zimmer zu Zimmer flanierten. Ein alter Gangster druckte die Genehmigung aus, setzte einen Notarstempel drauf und warf einen kurzen Blick auf die Unterschrift meines Vaters, die ich als Muster dabeihatte.

»Die Unterschrift eines Mannes, der sich selbst nicht traut«, sagte er.

Ich wusste nicht, wie ich darauf reagieren sollte. Er hatte meinen Vater beleidigt. Nach der kriminellen Logik müsste ich ihn vielleicht töten. Aber er hatte auch recht. Keiner der Männer im Alter meines Vaters, die sich selbst trauten, hatte die Neunziger überlebt. Mein Vater starb erst in den Nullerjahren, als ich schon weit weg war. Der Gangster machte eine Grimasse, als widerte es ihn an, so eine Unterschrift zu kopieren, und unterschrieb anstelle meines Vaters. Der Weg in die Volksrepublik Eifel war frei.

Ich legte die Genehmigung in eine Mappe und fuhr nach Hause, drückte mich in die überfüllte U-Bahn, stieg an der letzten Station aus und fuhr dann weitere zwanzig Minuten mit dem alten Ikarus-Bus. Die Wohnung hatte keine Tapeten und kaum Möbel: Mama war zwei Monate, nachdem wir die Wohnung bekommen hatten, nach Rheinhessen aufgebrochen, für die Renovierung und die Einrichtung fehlte es an Geld und an Kräften. Ich legte mich hin, obwohl es noch nicht spät war. Mitten in der Nacht wachte ich schlagartig auf: Mein Herz schlug so kräftig, dass ich dachte, ich müsste sterben. Ich setzte mich auf den Boden und schaltete unseren tonnenschweren sowjetischen Fernseher ein.

Die russischen Sender zeigten nur noch das Testbild (es war ungefähr zwei Uhr nachts), doch wenn man an der Antenne spielte, konnte man die finnischen einfangen. Das Bild war körnig, alle Menschen, die gezeigt wurden, sahen aus, als wären sie schon tot. Es machte also nicht wirklich Spaß, fernzugucken. Ich stand auf. Aus dem Fenster sah ich ein Feld, das bis zum Meer reichte. Ich ging raus und steuerte das Meer an. Es war schwer, über das Feld zu laufen, es war alles andere als eben, von schwerem Gerät durchgepflügt, als hätten hier einst Traktorenscharen getanzt. Das Meer leuchtete weiß, an den Ufern Ketten von Lichtern, ich schaute auf sie mit Liebe und Sehnsucht. Dann kehrte ich zurück zu meinem zwanzigstöckigen Plattenbau, von dem die grünen Mosaiksteine abzublättern begannen, obwohl das Haus erst zwei Jahre alt war. Hinter uns begann unverzüglich die Stadt, in der auch mein Taugenichts-Vater lebte, der nicht mal für eine Unterschrift gut war. Ich schlief ein, schnell und ohne Träume, und drei Tage später war ich schon in Rheinhessen.

Was ist denn nun mit dieser Republik?

Ja, Geduld, sie kommt gleich.

In Rheinhessen wohnte meine Mutter nun mit ihrem neuen Mann in einem Einfamilienhaus direkt neben einer Araltankstelle. Die Tankstellenbeleuchtung warf einen blauen Schleier über unser Leben dort, so als befänden wir uns in einem Film, in dem Aliens auf der Erde landeten (was auf eine Art sogar stimmte, wir waren die ersten Ausländer in dieser Stadt).

Im Hof stand ein Taubenhaus – der Mann meiner Mutter hatte ziemlich altmodische Hobbys. Seit der Hochzeit kümmerte er sich aber nicht mehr richtig um sie, die

Vögel saßen auf ihren Stangen und meckerten leise. Die Ehe versprach alles andere als glücklich zu werden, im Grunde hatte ich hier nichts verloren. Bald gab es auch einen Grund wegzuziehen: In der Stadt gab es keinen geeigneten Deutsch-Intensivkurs. Jemand riet, mich in die Eifel zu schicken, wo in einem Gymnasium, das zahlenmäßig schon lange nicht mehr ausgelastet war, ein Sprachinternat für russlanddeutsche Jugendliche eingerichtet worden war.

Das war die passende Lösung. Also setzte ich mich eines Morgens ins Auto, und der Mann meiner Mutter fuhr mich in die Eifel. Wir schwiegen, als wir den Rhein entlangfuhren, wir schwiegen, als wir Koblenz durchquerten, wir schwiegen, als wir uns die Berge hinaufarbeiteten, denn er sprach kein Russisch, ich kein Deutsch. Später, als ich ausgestiegen war, um meine Papiere für den Aufenthalt in der Volksrepublik Eifel zu bekommen, musste der Wagen gelüftet werden, um dieses Schweigen zu vertreiben. Es war kompliziert, sein Schema konnte man für die Maschinenbau-Prüfung verwenden.

Die Schule sieht aus wie eine Klinik für Lungenkranke – die beiden Gebäude und der dazwischenliegende Friedhof thronen hoch über der Stadt. Noch weiter oben schimmert bläulich ein düsterer, unfreundlicher Wald. An manchen Stellen ragt der Berg aus der Erde heraus, man sieht seine nach dem Regen glänzenden und glitschigen Knochen. Es riecht nach alten Bäumen – nicht nach Blüten oder Blättern, sondern nach Wurzeln und

Baumstämmen. Der Erzieher führt mich in mein Zimmer, das jetzt gerade leer steht, meine drei Mitbewohner sind noch im Unterricht. Er lässt mich in Ruhe und verschwindet, als er feststellt, dass ich ihn nicht verstehe.

Ich packe meine Sachen aus, setze mich auf ein Bett und höre, wie etwas kräftig gegen die Scheibe trommelt. Große trübe Hagelperlen liegen auf dem Fensterbrett wie Steine am Meeresufer. Im letzten Jahr ist mehr passiert, als meine kleine russische, mit schlechten Romanen und Omas Kartoffeln groß gewordene Seele imstande war, zu ertragen. Manche Sachen hatte ich nicht mal versucht zu verdauen, ich schluckte das Leben in großen rohen Stücken herunter und hoffte, es mit der Zeit irgendwie verarbeiten zu können. Hätte ich nachgedacht, wäre mir die Idee, in einer vergessenen Ecke Deutschlands einen Wildpark für russische Jugendliche zu errichten, komisch und surreal vorgekommen. Doch dafür hatte ich keine Zeit. Stattdessen wurde ich ein Teil davon.

Meine Zimmergenossen kommen zurück und erklären mir die Lage. Das Herz unserer Republik ist die Haltestelle am Friedhof. Dort trinken wir Rachmaninoff-Wodka und spülen mit Pfirsicheistee nach. Selbst tagsüber fahren von hier aus keine Busse, niemand weiß, welchen Zweck diese mit kyrillischen Sprüchen bemalte Haltestelle erfüllt. Sie wirkt wie das Objekt eines geheimen Kultes – einer Kirche der ewig auf den Bus Wartenden. Doch der Bus kommt nicht, die einzige Möglichkeit abzufahren bleibt Rachmaninoff.

Die Haltestelle ist unser Parlament, hier werden die Gesetze verabschiedet. Das erste Gesetz lautet: Es gibt keine Deutschen in unserer Welt. Keinen einzigen. Nie. Sie haben hier nichts zu suchen. Wenn ein Deutscher etwas fragt: Schweige. Wenn er aufdringlich wird: Schlag zu. Das erklärt mir Igor, der grimmige Typ mit den maschinenölverschmutzten Händen, die aussehen, als ob er auch in der Eifel immer noch heimlich russische Motorräder repariert. Igor ist ein *Starschak*, das heißt, er gehört zu der Gruppe der älteren Jungs, die hier das Sagen haben und das »Scheißinternat« unter ihrer Kontrolle halten. Er bekommt von mir zehn D-Mark für den gemeinsamen Abendwodka. Die Einbürgerungsgebühr.

Das zweite Gesetz verkündet mir an dem Abend Rambo, der Ministerpräsident.

Rambo ist hübsch: schwarze Haare, breitschultrig. Er lächelt immer, doch er ist umgeben von einer Gefahrenwolke, die er stets mit sich trägt wie eine Schnecke ihr Haus. Wenn man bei ihm steht, möchte man sich in der Erde vergraben, das Gesicht mit den Händen schützen. Natürlich spricht Rambo normalerweise nicht mit einer so kleinen Nummer wie mir, doch dies ist ein Sonderfall, ein Initiationsritus, wie wenn der Bürgermeister einen neuen Pass überreicht.

Ich stehe also an der Haltestelle und darf mit Rambo sprechen.

»Die Russen aus Daun«, sagt Rambo und lächelt. »Das sind Feinde. Sie sind noch schlimmer als die Deutschen. Traue ihnen nicht. Sprich nicht mit ihnen. Wenn du ihnen alleine über den Weg läufst, landest du bestenfalls im Krankenhaus. Doch solche wie du tun das nicht, sie laufen ihnen nicht alleine über den Weg.«

Er nimmt einen Schluck Wodka aus dem Plastikbecher und spült mit Pfirsicheistee nach wie jeder von uns. Dann geht er weg, und ich fühle mich sofort besser. Ich trinke auch. Ein chemischer Pfirsichgeruch umhüllt mich, üppige Pfirsichgärten blühen überall auf, der Wind weht, und der Wald antwortet mit Geflüster. Die Jungs sprechen von Kasachstan, jemand kommt mit dem Auto und dreht die Musikanlage auf, ein russischer Plastiktechno erzählt mir von der Liebe und vom Himmel, da wollte jeder in die Höhe, und nun sind wir hoch oben, in den Bergen, und der Wind bringt unsere Musik in das Tal zu den Einheimischen.

Die Polizei kommt, wie fast jeden Abend, sie parken unweit. Ein großes schlankes Mädchen mit kurz geschnittenen Haaren verlässt unsere Gruppe und geht direkt zum Streifenwagen – sie schreitet durchs Scheinwerferlicht wie durch helles Mondwasser, sie geht, als würde sie schweben. Fünf Meter vor dem Auto bleibt sie stehen und wirft mit ganzer Kraft einen Eistee-Tetrapack auf die Vorderscheibe des Polizeiautos. Es rutscht von der Scheibe nach unten, zur Motorhaube, braune Zuckerflüssigkeit strömt aus. Der Wagen brüllt, fährt zurück, man merkt, dass die, die drin sind, nicht wissen, was sie tun sollen. Das Mädchen lacht, zeigt ihnen den Mittelfinger und rennt zum Friedhof.

Den nächsten Tag verbringe ich schielend, denn wir

sitzen auf einer Schulbank nebeneinander. Wir tun so, als lernten wir Deutsch. Sie ist fünfzehn, vor einem Jahr kam sie aus einem Dorf in Nordkasachstan, wo sie wohl in den Feldern aufwuchs. Mir kommt Turgenew in den Sinn, seine Jägergeschichten über schweigsame Bauernfrauen, die so schnell rot werden und die ganze Zeit im Wald und auf Feldern herumgeistern. Ich bin zwischen den Palästen von Sankt Petersburg aufgewachsen, ich weiß nicht, warum es in unserer Republik so viele Mädchen gibt, die vor nichts Angst haben und alles schon können, die billige Kleidung tragen und ihre Hefte mit so einer unverschämt rundlichen überdeutlichen Schrift füllen, wo jeder Buchstabe wie nackt dasteht, ohne Geheimnisse, so verführerisch, so verlockend.

Sie heißt Viktoria und wir sprechen über das Leben, von dem wir beide nichts verstehen, doch ich verstehe noch weniger als sie, weil sie die ganze Zeit über große Probleme spricht, und an ihren Handgelenken sind Schnittwunden. Sie hat das Gesetz gebrochen, sie ging mit einem Typen aus Daun, und sie findet jetzt auch, dass es ein Fehler war, denn der Typ war ein Arschloch, und heute kommt er hierher mit seinen Freunden, es wird etwas Schreckliches passieren.

In der Pause stehen wir draußen, sie bekümmert, ich bekümmert und glücklich, weil ich geflüchtet bin aus dem Araltankstellengefängnis, aus der unglücklichen Ehe meiner Mutter: Hier werde ich hoffentlich endlich etwas erleben. Rambo kommt vorbei und möchte – schon wieder – mit mir sprechen.

»Na«, sagt er. »Ich sehe, du hast dich schon mit Viktoria angefreundet und bist dir über ihre Probleme im Klaren. Heute kommen die Daun-Schwuchteln hierher. Das betrifft uns alle, denn so was lassen wir natürlich nicht zu. Kurzum, du bist dafür verantwortlich, dass um neun alle Jungs aus deinem Zimmer auf dem Friedhof sind. Wir werden unsere Daun-Freunde gemeinsam empfangen.«

»Hab keine Angst«, sagt er, als er meine Unsicherheit bemerkt. »Wir brauchen euch nur, um Präsenz zu zeigen, die *Starschaki* sind dran, wenn es ernst wird. Du musst auch beweisen, dass du Viktorias würdig bist. Es entsteht hier keine Freundschaft ohne Genehmigung von oben, wenn du verstehst, was ich meine.«

Nach der Pause schiele ich wieder zu Viktoria hinüber. Sie zeichnet in ihrem Heft einen Typen aus der amerikanischen Beverly-Hills-Teenie-Serie, die vor ein paar Jahren im russischen Fernsehen lief. Sie zeichnet nicht besonders gut, doch der Typ ist eindeutig zu erkennen, er trägt seine mit Gel beschmierten Haare wie kein zweiter. Was ist mit dem Typen aus Daun? Wie sieht der aus? Die Jungs aus Daun-Hills, sie kommen mit ihren Cadillacs und wir werden Zeugen, wie leicht Rambo, Igor und die anderen *Starschaki* deinen Fehltritt, Viktoria, wiedergutmachen.

Am Abend sitze ich in meinem Zimmer und bespreche die Lage mit meinen Zimmergenossen. Das sind: der Professor – alle nennen ihn so –, ein magerer blasser Typ, der von allen respektiert wird für seinen Gerechtigkeitssinn und seinen schwarzen Humor. Er ist außerdem Baptist. Neben ihm sitzt Maxim, ein rothaariger Spaßvogel, und Dietmar, der noch vor einem Jahr Dimitri hieß, bis die deutschen Behördenschlaumeier entschieden, ihm einen deutschen Namen zu geben, um seine Integration zu erleichtern. Ich habe leichtes Spiel, die Sache ist klar: Wir werden hier noch Monate verbringen müssen, keiner will Stress mit Rambo haben. Also, 9 Uhr, Friedhof.

»Was sagt dein Baptistengott dazu?«, fragt Maxim.

»Dass du heute Abend in deinen kleinen Arsch gefickt wirst«, antwortet der Professor. Er mag es nicht, wenn man sich über seine Religion lustig macht.

Wir ziehen unsere Sportsachen an, Dietmar sprüht ein wenig Parfüm auf sein T-Shirt, was böse Witze zur Folge hat. Wir gehen zum Friedhof.

Um fünf vor neun sind wir da, es ist schon dunkel, auf jeder ordentlichen Grabstelle brennt ein kleines rotes Licht. Es sieht aus, als würden die Toten Feuer durch lange Strohhalme ausatmen – einfach so, weil sie Lust dazu haben. Es wird kalt, und von oben legt sich eine nasse Wolke auf uns herab. Deswegen können wir wahrscheinlich auch die *Starschaki* nicht finden.

»Rambo!«, rufe ich lauthals. Es ist mir wichtig, dass er sieht, dass ich da bin und auch meine Jungs mitgebracht habe. Ich will das Privileg verdienen, mich mit Viktoria anzufreunden und – wer weiß? – irgendwann vielleicht auch mit ihr zu schlafen.

»Was schreist du denn so rum?«, murmelt der Professor, und in diesem Moment sehen wir die Jungs aus Daun, und sie sehen uns. Dass wir sie sehen, ist kein Wunder: Einer trägt eine schneeweiße Jacke, er rollt über den Friedhof wie ein kleiner Vollmond. Doch uns hätten sie sicher nicht bemerkt, hätte ich nicht nach Rambo gerufen. Dann hätten wir von hier verschwinden und unsere Ehre bewahren können – schließlich haben wir unseren Teil der Abmachung erfüllt.

»Du hast gesagt, Rambo wird alles klären, und wir stehen nur rum!«, brüllt Dietmar. Er ist angepisst.

»Tja, Rambo hat wohl andere Pläne«, antwortet der Professor und zeigt uns mit seinem Finger das, was wir ohnehin sehen. Dass die Daun-Jungs zu uns laufen.

Ich liege unter einer Bank, die von dem Notar Morbitzer-Caspari gestiftet wurde. Die Daun-Russen machen eine wilde Jagd im nächtlichen Wald: Sie suchen mich, ich höre ihre Stimmen. Die Nachtvögel singen die Sekunden, die Äste sind wie Uhrzeiger, der Nebel kommt aus den Erdporen und Zwerge erscheinen, hektische Zwerge, die im Mund silberne Münzen aufbewahren und deswegen undeutlich sprechen; es sind Deutsche-Mark-Münzen, der Adler blitzt im Mondlicht, als die Zwerge die Münzen ausspucken, um sie anderswo zu verstecken. Die Volksrepublik Eifel und die Stiftung des guten Notars Morbitzer-Caspari gewähren mir einen Unterschlupf, einen Schutz; der Nebel kommt näher, er leckt an meinen Schuhen, die von fremdem Blut verschmiert sind.

Ich sage laut: »Der Architekt Andrei Iwanowitsch Stackenschneider erbaute 1848 den Belosselski-Beloserski-

Palast, Newski-Prospekt 41; der Architekt Vincenzo Brenna erbaute die Michaelsburg am Fontanka-Fluss im Jahr 1801; der Architekt Bartolomeo Francesco Rastrelli erbaute das Woronzow-Palais 1756, nein, 1757.«

Als ob das alles mich retten könnte.

Am nächsten Tag fahren wir alle gemeinsam mit dem Bus nach Bonn. Ein Ausflug. Wir rutschen die Eifel-Berge hinunter, und je mehr wir uns dem Rhein nähern, desto heller wird es, desto wärmer wird es, desto mehr Menschen sind auf der Straße zu sehen. Wir besuchen unser Nachbarland, die Bundesrepublik, genauer: das Museum Haus der Geschichte der BRD.

Unsere Heldentat von gestern hat Wellen geschlagen. Es ging ein in die Chroniken der Republik als eine coole Prügelei, die mit einem Unentschieden endete. Die Typen hatten Verstärkung aus Daun angefordert und uns danach lange im Wald gesucht, wo wir uns verstreut hatten. Gefunden haben sie nur den Professor, der heute zu Hause geblieben ist. Sein Gesicht ist nicht vorzeigbar.

»Schade, dass ich nicht dabei sein konnte«, sagt Rambo. »Aber eine Prüfung ist eine Prüfung, da muss man ohne seinen Lehrer durch.«

Die letzte Bemerkung finde ich nicht ganz korrekt, doch ich wage nicht zu widersprechen. Auch deshalb, weil er sagt, dass er meiner Freundschaft mit Viktoria gegenüber positiv eingestellt ist. Er rät mir, mit »einer solchen Tussi wie Viktoria« härter zu sein. »Die Bitches lieben es«, sagte er.

Im Bus sitze ich neben Viktoria. Wir sind eine laute und schrille Gruppe. Fast jeder von uns hat einen deutschen Pass, obwohl wir kein Deutsch können und die deutsche Geschichte uns auch egal ist. Wir bekennen uns als stolze Bürger der Volksrepublik Eifel. Ich flaniere durch die Ausstellung, ich mustere die Nazi-Fotos und die Bilder von der Berliner Mauer, und ich halte Händchen mit Viktoria, bis sie es satthat und mich anschreit.

»Was bildest du dir ein? Dass du mein neuer Freund bist, oder was«, sagt sie.

Danach verlasse ich das Museum, trete auf die Straße hinaus.

In Bonn scheint die Sonne. Die Menschen gehen vorbei und lächeln. Ich mustere sie grimmig, ich fühle nichts. Vor meinen Füßen landet plötzlich ein grüner Papagei, fängt an, irgendwelche Steine zu fressen.

Unser Land befindet sich in einem Dreieck zwischen Deutschland, Belgien und Luxemburg. Kein Zugverkehr, kein Luftverkehr, nur Steine. Man spricht dort Russisch, weißt du, eine andere Sprache wird nicht verstanden, und noch was: In dieser Republik können alle nichts dafür. Weder wir können was dafür, noch die Menschen, in deren Häuser wir nachts einbrechen. Sie können auch nichts dafür. Wir suchen Geld, freuen uns aber auch über Elektronik und nehmen gern Essbares mit oder verzehren es gleich auf der Stelle. Willkommen in der Republik, liebe Gäste. Die Mädchen bei uns sind hübsch, es riecht nach Pfirsich.

Gagarin-Club

Nach einem Jahr Sprachkurs verließ ich die Berge und zog ins Tal. Ich schaute mich um und stellte fest: Deutschland war eigentlich okay. Ich lebte in einer kleinen Stadt, durch die sich ein kalter, trüber Fluss zog; der Fluss kam aus der Eifel, so wie ich, und etwa zehn Kilometer weiter mündete er ganz unspektakulär in den Rhein. In der Stadt gab es eine mittelalterliche Burg, ein paar Brückenhäuser, die wie fette Vögel über dem Wasser saßen, einen Park, wo man den Duft des Salzwassers einatmen konnte, das von den Gradierwerken tropfte, und ein Flüchtlingsheim. Dort lebten Russen, die gerade nach Deutschland gekommen waren. Sie wohnten in Zimmern so klein wie Zugabteile und schlenderten in der Stadt herum wie Zombies. Sie waren überall zu finden, denn ihnen fehlte plötzlich die Aufgabe: Um die Neunziger in Russland zu überstehen, musste man fleißig herumwursteln. Um alle Unterlagen für die Aussiedlung nach Deutschland zu organisieren, musste man noch intensiver herumwursteln. Und hier, in Deutschland, war es damit plötzlich vorbei – es war wie Ferien. Natürlich wurstelten manche weiter herum, aus purer Gewohnheit; sie rannten mit ernstem Gesichtsausdruck durch die Flure deutscher Ämter und stellten verrückte Geschäftsideen vor: Kaninchenzucht oder Pelmeni-Herstellung. Doch für die meisten hatte die Herumwurstelei ein Ende, zumindest für ein paar Monate.

Ich war oft zu Besuch in dem Flüchtlingsheim. Ich hatte mich dort mit einer Clique Jugendlicher angefreundet – alles Juden, mehr oder weniger, aus verschiedenen Teilen der ehemaligen Sowjetunion. Die Jüdische Gemeinde hatte ihnen einen Deutschlehrer organisiert, der Heiko hieß und einmal in der Woche mit seinem alten Renault aus Frankfurt kam, um ihnen im Flüchtlingsheimkeller Deutsch beizubringen. Ich durfte auch teilnehmen – dass ich kein Jude bin, war Heiko egal.

Heiko, ein dreißigjähriger groß gewachsener Kerl mit einer blonden Wuschelfrisur, studierte irgendein kompliziertes technisches Fach. Man musste kein Psychologe sein, um festzustellen, dass sein Studium ihm nicht guttat, es fraß ihn buchstäblich auf. Mit unserem Unterricht nahm er es nicht allzu genau: Nachdem klar war, dass die jüdische Gemeinde nicht vorhatte, unseren Unterricht zu kontrollieren, hörte er, der auch vorher schon nicht sehr fleißig gewesen war, auf, Lehrbücher mit sich herumzuschleppen. Meist lag er todmüde in dem alten Sessel, den Grischa und ich vom Sperrmüll geholt hatten, trank langsam und genussvoll sein kleines Bier und fragte nach unserem Leben in den Ländern, aus denen wir gekommen waren. Er war der erste Deutsche, der sich für uns interessierte, er musste also nicht lange bitten:

Die Geschichten strömten nur so aus uns heraus. Wenn unser gebrochenes Deutsch nicht ausreichte, redeten wir Russisch, während Kris aus Kiew, die sehr sprachbegabt war, übersetzte.

»Nee«, sagte Heiko immer. »Das gibt es nicht. Ihr seid wirklich verrückt.«

Wir fühlten uns geschmeichelt.

In Russland war eine neue Sängerin in aller Munde: Semfira. Sie erschien aus dem Nichts, aus einer kleinen Stadt in Baschkirien, und gab uns eine Sprache (bis dahin waren wir, wie alle Jugendlichen, stumm gewesen). Sie sang über kleine Dinge: Augenwimpern, Muttermale und darüber, wie es ist, wenn in deiner kalten, riesigen und ungemütlichen Welt plötzlich ein fremder Mensch auftaucht, der auch zuhören kann. Um Semfira zu hören, trafen wir uns nachts in einem verwilderten Park oben bei der Burg, tranken billigen Wein und schauten, wie die Stadt unter uns wie eine Nachtblume aufblühte. Natürlich haben wir auch eine Semfira-CD zum Heiko-Unterricht mitgebracht.

»Анечка просила снять маечки. *Da sagte Ännchen: zieht aus eure Hemdchen*«, sang sie.

»Sie muss geil gewesen sein, dieses Ännchen«, kommentierte Heiko.

Auf Russisch klingt das nicht geil, sondern unheimlich zärtlich. Es ging in dem Lied nicht um Sex – es ging um die allererste schüchterne Annäherung. Wir alle waren wie dieses Ännchen, und wenn wir unseren ganzen Mut zusammennahmen, würden wir sogar jemanden bitten, sein Hemdchen auszuziehen. Doch insgeheim und viel stärker wünschten wir, dass jemand uns darum bat.

Aus dem Osten kamen nicht nur Semfira-Platten. In Tschetschenien gab es wieder Krieg, in Moskau explodierten geheimnisvollerweise ein paar Plattenbauten, wodurch Hunderte Menschen starben; in der Barentssee sank ein russisches Atom-U-Boot. Manchmal, während wir schliefen, hörten wir ein seltsames Geräusch, wie beim Auseinanderreißen eines festen Stoffes. Wenn schlechte Nachrichten eintrafen, guckten alle traurig und schockiert, doch irgendwo, ganz tief, war auch eine Erleichterung da, denn wir gehörten nicht mehr dazu. Wir kauften noch mehr Wein, wir erzählten uns und Heiko lustige Geschichten.

Wir sitzen im Keller des Flüchtlingsheims. Wir haben eine Untertasse und ein Holzbrett mit Buchstaben organisiert: Alles ist bereit für eine spiritistische Sitzung. Der ganze jüdische Deutschkurs ist hier – Polina aus Odessa mit den nussfarbenen Augen, Kris, Grübchen in den Wangen und kleine Teufelchen in den Mundwinkeln, der brave Sascha, der Gesellschaftstänze praktiziert und lernt, wie man ein kleines Flugzeug zum Fliegen bringt, Grischa, groß und schweigsam, Ira aus Chabarowsk mit dem verträumten Lächeln und ein paar andere. Aber die Toten kommen nicht, entweder ignorieren sie uns oder sie wurden von den hier lebenden Russen verjagt. Uns geht es trotzdem gut. Die Toten sind nur ein Anlass, Zeit hier im Keller zu verbringen, ein nettes Extra, wie Popcorn zu einem guten Film.

Jetzt hören wir jemanden kommen; langsame und schwere Schritte. Es ist die Mutter von Polina, eine Frau mit kurzen Strohhaaren, die Augen gerötet vom Weinen; sie trägt lustige Pantoffeln mit Hasen. Wir verstecken unsere Weinflaschen, doch es ist kein nächtlicher Kontrollbesuch.

»Weißt du, dass dein Vater dem russischen Männerclub beigetreten ist?«, fragt sie ihre Tochter laut. Unsere Anwesenheit kümmert sie nicht im Geringsten.

»Russischer Männerclub?«

»Ja, die Männer haben einen Club gegründet. Sie nennen ihn den Gagarin-Club.«

»Gagarin-Club? Nie was davon gehört.«

»Gagarin-Club! Was hältst du davon! Na! Gagarin!«

Polinas Mama mustert uns mit glasigem Blick, schüttelt den Kopf, verlässt den Keller. Wir machen ein paar Witze über den Club, doch alles, was unsere Eltern treiben, ist unendlich weit von uns entfernt. Die Erwachsenen führen ihr eigenes geheimnisvolles Leben, wie Fische im Aquarium – wenn wir wollten, könnten wir es uns näher anschauen, aber wer hat schon Lust dazu? Wir sind viel zu sehr mit uns selbst beschäftigt und mit dem, was Semfira das »Hemdchen«-Problem nennen würde.

Endlich ist der erste Tote da. Er scheint nicht ganz schlau und ein wenig tölpelhaft zu sein, denn unsere Untertasse gibt nur eine zufällige Reihe von Buchstaben und Ziffern zu erkennen. Doch dann erscheint plötzlich das Wort »Seemann« – und die Untertasse bleibt stehen.

»Der Seemann ist gekommen«, sagt Polina.

»Wir haben hier keine See.«

»Genau daran ist er gestorben. An Sehnsucht nach der See.«

Um dem sentimentalen Seemann Platz zu machen, rücken wir so nah aneinander, wie es nur möglich ist. Die Stellen, an denen sich unsere Körper berühren, werden warm; es vibriert dort leicht. Oben, in den Zimmern des Flüchtlingsheims weinen unsere Mütter, irgendwo tagt der geheimnisvolle Gagarin-Club, doch damit wollen wir nichts zu tun haben, wir sind mit Dingen beschäftigt, die wichtiger sind. Wir studieren das Fach Kuscheln, die Kunst der Zärtlichkeit.

»Privet, ihr Russen!«

Wir rücken sofort auseinander, als hätte man uns bei etwas Bösem erwischt. Der Seemann verschwindet dorthin, wo er hergekommen ist. Doch es ist nur Heiko. Unser deutscher Freund ist tatsächlich gekommen, um uns zu besuchen, zum ersten Mal außerhalb des Kurses. Er setzt sich zu uns, seine Haare sind honigfarben, seine Muskeln angespannt, er zwinkert mit einem Auge und holt aus seinem Militärrucksack eine Ein-Liter-Flasche Wodka. So groß habe ich sie noch nie gesehen.

»Eine wichtige Prüfung bestanden«, sagt er. »Da dachte ich mir, ich weiß, mit wem ich heute feiere.«

Wir füllen unsere Gläser mit Wodka, und der, wie es so üblich ist, verändert die Form des Raums um uns herum –

der Keller wird größer, die Ecken rundlicher, das Zimmer zieht sich in die Länge. Es wirkt, als befänden wir uns in einem U-Boot, aus dem Nachbarraum ist das Summen der Motoren zu hören. Plötzlich ist es uns peinlich, was hier los war, bevor Heiko kam. Wir lachen zu laut, unsere Gesichter kriegen rote Flecken, wir kümmern uns nicht mehr darum, ob und wie wir uns berühren.

Die Mädchen fangen an zu tanzen, und sie tanzen so, wie sie noch nie getanzt haben. Ihre Körper rollen voneinander fort wie Wellen, sie löschen sich gegenseitig, ziehen sich zurück und fließen dann wieder aufeinander zu. Ich schaue auf sie, als wäre ich verzaubert.

»Russendisko! Wir fahren! Fahren alle zusammen!«, schreit Heiko, obwohl er von uns am meisten getrunken hat und als Einziger einen Wagen besitzt.

Und plötzlich brennen wir darauf, mit ihm in die Russendisko zu fahren. Jubelnd brechen wir auf; draußen erwartet uns eine warme Herbstnacht. Der Himmel spannt seine Flügel aus, wie ein großer dunkelblauer Vogel.

Wir zählen uns durch, wir sind sechs, nie im Leben passen wir alle in seinen alten Renault.

»Das schaffen wir«, sagt Heiko. »Alles klaro-chujaro!«, gibt er einen deutsch-russischen Jubelschrei von sich, den wir ihm in einer der ersten Sitzungen beigebracht haben. Kris setzt sich nach vorne zu Heiko und zeigt mit ihrer Körperhaltung, dass sie wichtige Gründe hat, ausgerechnet bei ihm zu sitzen. Ira, Grischa, Polina und ich quetschen uns auf die Rückbank.

Kris strahlt und spielt aus irgendeinem Grund die Gastgeberin. Sie sagt: »Hey, wie ist es bei euch dahinten? Genug Platz?« Heiko hat offensichtlich nichts dagegen. Wir sind eng aneinandergerückt, der Wagen ist mit unseren Körpern gefüllt wie eine Wurst mit geräuchertem Hackfleisch.

Wir fahren auf die Straße, der Wagen jault in der scharfen Kurve und rutscht auf der nassen Straße – wir kollidieren beinahe mit einem Radfahrer und geben richtig Gas. Wir schreien, und Heiko schreit mit uns. »Ich weiß, was euch so geil macht«, schreit er.

Dann schaltet er das Radio ein, und das Auto füllt sich mit Diskopop, der extra für Russlanddeutsche gemacht wurde: Aufzählungen kasachischer Städte, die mit primitiven Reimen miteinander verbunden sind. Obwohl keiner von uns irgendeinen Bezug zu Kasachstan hat, ist es geil, Heiko hat recht. Und als wir uns richtig geil fühlen, ist plötzlich Schluss.

Wir sind nicht mal zwei Minuten unterwegs, da rasen wir durch eine Absperrung und auf eine Erdgrube zu. Der besoffene Heiko hat das Schild »Baustelle« übersehen. Er versucht hastig, gegenzusteuern, und wir stürzen ins Gebüsch. Der Aufprall schleudert uns von unseren Sitzen, jeder von uns schlägt mit dem Kopf irgendwo an, gegen den vorderen Sitz oder die Decke. Angeschnallt ist natürlich keiner. Für zwanzig Sekunden sind wir blind und taub, als hätte uns ein Blitz getroffen. Dann können wir wieder hören.

Hallo, meine Hauptstadt, du freier Vogel, du, Astana.

Hallo, meine Berge, die hoch zum Himmel reichen, du, Almaty.

Hallo, meine fruchtbare Erde, du Minenarbeiterseele, du, Karaganda.

Hallo, du Land, das ist mein Kasachstan, das ist mein Land.

Noch bevor ich klar denken kann, versuche ich, die Tür zu öffnen, doch es klappt nicht, das Blech ist offensichtlich eingedrückt, die Tür klemmt. Ich versuche, meinen Kopf zu drehen, um zu gucken, was mit den anderen passiert ist, doch es fällt mir schwer – erstens, weil in meinem Hals etwas knackt und schmerzt, und zweitens, weil wir vier so fest aneinandergepresst sind, das wir uns kaum bewegen können. Das war vermutlich unsere Rettung: Unsere weichen Körper haben uns von Brüchen verschont. Wir kommen mit blauen Flecken davon. Ich höre Schreie, doch wer schreit, bleibt unklar, die Musik ist noch lauter geworden. Heiko schafft es nicht, sie auszuschalten oder die Stereoanlage klemmt wie die Tür.

Ich stecke zwischen Polina und Ira fest – gerade, als ich versuchte, die Tür zu öffnen, musste ich meine Hand zwischen Polinas Arm und Oberkörper hindurchschieben und habe ihr wehgetan. Ich glaube, ich tue ihr immer noch weh, ich erdrücke sie mit meinem großen Körper. Sie hat Schmerzen. Ira hat auch Schmerzen. Ich fühle mich riesig und gleichzeitig knochenlos, wie ein Blutegel. Ich bin kräftig, doch ich kann absolut nichts machen. Schlimm ist, dass wir uns alle gleichzeitig bewegen – das bringt absolut nichts, außer, dass wir einander wehtun.

»Mach die Tür auf!«, schreit Polina mir direkt ins Ohr. »Mach sie auf! Lass mich raus!«

Ira übergibt sich – der Wodka, der Stress und diese Enge. Sie versucht nicht mal, es wegzuwischen, es ist unmöglich. Grischa und ich sind vollgeschmiert mit ihrem Erbrochenen. Ich glaube, Ira fängt an zu weinen, sie steckt fest, und wir können sie nicht mal trösten. Ich versuche, mehr Abstand zwischen mich und Ira zu bekommen, und lande auf Polina, meine Hand liegt zwischen ihren üppigen Brüsten, und ich bekomme sie nicht von dort weg. Ich fühle, wie ihr Herz klopft und wie es zwischen ihren Brüsten langsam nass wird. Es ist sehr heiß im Auto.

Auf den Vordersitzen passiert währenddessen etwas Seltsames: Statt zu versuchen, aus dem Wagen zu kommen, fangen Heiko und Kris an, sich leidenschaftlich zu küssen. Es ist so surreal, dass ich zuerst denke, dass Heiko eine Mund-zu-Mund-Beatmung vornimmt, um Lenas Leben zu retten. Sie ist verletzt, ich kann ganz deutlich eine blutende Wunde erkennen, die sich quer über ihre Stirn zieht, doch das scheint die beiden nicht zu stören.

Ich bin so erstaunt, dass ich vergesse, dass meine Hand zwischen Polinas Brüsten liegt. Und Polina wird auch still, unternimmt keinen Versuch, mich loszuwerden. Ich bekomme einen Ständer. Mein Schwanz ist an irgendeinem fremden Körper festgedrückt, den ich nicht mal zuordnen kann.

»Was tut ihr?«, schreit Ira, die mit ihrem Erbrechen auch Dämonen ausgekotzt zu haben scheint, die nun mit uns spielen. »Seid ihr völlig verrückt geworden?«

Ja, sind wir. Vor knapp einer Stunde hatten wir uns ein bisschen Nähe gewünscht. Nun sind wir so fest aneinandergepresst, als würde uns jemand entsaften wollen. Wir sind mit fremdem Blut, Schweiß und Erbrochenem beschmiert. Unsere Hände haben sich selbstständig gemacht, und wenn es hier ein bisschen mehr Platz gäbe, würden wir hier, in diesem dunklen Loch, noch viel mehr machen.

Das ist nicht das, was wir wollten. Nicht das, wonach wir bettelten.

Plötzlich erinnere ich mich an den Seemann, der uns besuchen kam. Und nun weiß ich, woran mich diese Situation erinnert – es ist das U-Boot, das russische U-Boot, das im letzten Sommer in der Tiefe der Barentssee versunken ist. Die Seeleute schlugen mit ihren Schraubenschlüsseln an die eisernen Wände und sendeten Signale, bis die Luft ausging. Niemand hörte sie. In Hunderten Kilometern Umkreis gab es keine menschliche Seele. Kein Sonnenstrahl erreicht die Tiefe. Neben ihnen, nur durch eine dünne Schicht aus Metall getrennt, schwammen blinde, hässliche Tiefseefische und Meeresmonster, von Forschern noch unentdeckt. Sie öffneten ihre weichen Münder und saugten an der Außenwand des U-Bootes, während die Seemänner drinnen starben. Als alle tot waren, verschluckte die Stille des Meeres das U-Boot. Man hat es nach ein paar Monaten geborgen, die Seemänner wurden befreit. Sie fliegen nun umher. Vielleicht war einer von ihnen heute bei uns.

Seemann. Hilf uns, Seemann.

Wir sind betrunken, nass und erschrocken. Fremde Kinder in einem fremden Land, tief gestürzt. Wir wollten bloß ein bisschen Nähe, Hemdchen, du weißt schon, doch nun liegen wir hier wie Sprotten in einer Konservendose, und meine Finger sind in Polina drin. Unsere Mütter weinen, unsere Väter trinken, manchmal ist es umgekehrt, dann weinen die Väter und trinken die Mütter. Egal. Lass uns unser Hemdchen-Spiel fortsetzen, denn wir haben noch nicht genug davon.

Plötzlich geht die Musik aus. Heiko, als hätte ihn jemand geweckt, schlägt mit seinen Füßen gegen die Scheibe. Das Glas wird weich, es wirft Wellen wie am Meer, und dann zerbricht es, Eissplitter regnen auf Kris und Heiko. Wir klettern aus dem Wagen, einer nach dem anderen. Um von den Hintersitzen nach vorn zu kommen, müssen wir einander mit Füßen treten – Polinas Schuhe reiben sich an meinem Gesicht.

Grischa und ich verlassen den Wagen als Letzte. Wir landen inmitten von Stacheln und Zweigen, die einen auspeitschen, wenn man nicht vorsichtig ist. Das Gebüsch ist nass, unangenehm nass, als wäre es inkontinent; die Blätter haben violette Flecken. Als wir aus der Grube auf die Straße gelangen, sind wir allein – alle sind weg, vor der unerträglichen Nähe geflüchtet.

Schweigend gehen wir fort und entdecken nach zweihundert Metern die weinende Kris auf einer Bank unter einem Baum. Polina kniet sich vor ihr ins Gras und versucht, mit Tempo-Tüchern das Blut zu stillen, das aus dem tiefen Schnitt auf Kris' Stirn strömt. Sonst ist hier niemand.

»Das gibt eine dicke Narbe, ich bin eine Missgeburt, eine Missgeburt!«, sagt Kris immer wieder.

Ich versuche, jeden Blickkontakt mit Polina zu vermeiden.

Wir beschließen, Kris ins Krankenhaus zu bringen, die Wunde muss genäht werden. Wir brechen auf, vier russische Jugendliche, mit Kotze und Blut beschmiert. Oder drei jüdische Jugendliche und ein Russe – je nach Blickwinkel. Es ist warm, ungewöhnlich warm, so was passiert manchmal im November im Rheingebiet, als ob Luft aus Afrika hierherzieht. Doch weil die Augen immer noch Spätherbst wahrnehmen, kommen einem Zweifel an der Realität. Und so beginne ich mich zu fragen: Seemann, Gagarin-Club, Heiko – wie können die real sein.

Im Krankenhaus empfängt uns eine russische Krankenschwester.

»Zieh dein Hemdchen aus«, sagt sie zu Kris.

»Was?«

»Hemd ausziehen. Du hast Schnitte am Körper.«

Grischa und ich gehen aufs Männerklo und machen uns sauber. Ich mustere ihn im Spiegel. Er ist ein netter Kerl, so groß und so schweigsam.

»Wir müssen Lenas Vater finden«, sagt Grischa. »Wir müssen ihm erzählen, was passiert ist.«

»Ich glaube, er ist auch in diesem Gagarin-Club«, sage ich. »Wer weiß, wo die sind.«

»Ich weiß es.«

»Na dann los.«

»Na dann los.«

Bevor wir das Krankenhaus verlassen, treffen wir Polina, die auf einer Bank sitzt. Ihr Kleid ist nass – sie hat sich ebenfalls gewaschen, die Wunden sind mit Pflastern versorgt. Etwas unterhalb von ihrem Hals sehe ich einen blauen Fleck, der geht wohl auf meine Rechnung. Der nasse Stoff klebt an ihrem BH, ihr BH klebt an ihren Brüsten. Ich muss daran denken, wo erst vor Kurzem meine Finger waren. Ich bekomme einen Ständer, ich kann nichts dafür.

»Tschüss, Polina«, sage ich. Sie schweigt.

Draußen ist es noch wärmer geworden. Wir ziehen unsere Jacken aus, laufen in T-Shirts herum. In der stillen Straße klingen unsere Schritte unheimlich laut. Ein Echo spielt Pingpong mit den Häuserfassaden, wir marschieren so laut wie eine Soldatentruppe. Doch die, die in den Häusern auf beiden Seiten der Straße leben, hören nichts, sie hören einfach nichts. Wir könnten uns alle gegenseitig umbringen oder vergewaltigen – ihnen ist das scheißegal, sie hören nichts. Die Fenster der zweistöckigen Häuser sind unglaublich klein, als passierte da drin etwas so Interessantes und Spannendes, dass man es niemandem zeigen möchte.

»Was war eigentlich mit Heiko los?«, frage ich.

»Was war mit euch allen los? Was war das für eine Aktion?«

Auch wenn ich nicht genau weiß, was er meint, verstehe ich ihn trotzdem.

»Na«, sage ich, »wir sind halt Russen.«

»Ich bin Jude«, sagt er trocken.

Ich weiß nicht, was ich ihm antworten soll.

Im Flüchtlingsheim ist es leer und still, wir steigen in den Aufzug und fahren bis ganz nach oben. Dort klettern wir die Leiter zum Dachgeschoss hinauf. Dort ist es dunkel und riecht nach Orangen. Wonach soll es sonst riechen, bei dem Wetter? Die Tür zum Dach steht offen. Männerstimmen dringen hindurch.

»Gagarin-Club?«, flüstere ich Grischa zu.

Er nickt.

Wir trauen uns nicht, aufs Dach zu gehen, warten an der Tür, lauern still. Jemand schenkt Wodka ein, es wird angestoßen, es wird getrunken. Dann fängt jemand an zu reden: Die Stimme und die Art, wie er spricht, ist so angenehm und herzlich, dass man sofort Vertrauen fasst.

»Wisst ihr was, Jungs? Kann es sein, dass es alles anders ist, als wir denken? Vielleicht glauben wir nur, dass wir in Deutschland sind, in Wirklichkeit aber sind wir schon längst tot? Vielleicht ist es nur eine Einbildung, dass wir die Unterlagen gesammelt und unsere Familien rübergebracht haben? Vielleicht sind wir alle gestorben, und das hier – ja, das ist das Paradies, wo man im November draußen an der frischen Luft trinkt und sonst nichts zu tun hat.«

»Es sieht eher nach der Hölle aus«, sagt jemand.

»Von mir aus. Paradies. Hölle. Eine Raucherpause. Wir liegen in unseren Gräbern irgendwo in Sibirien oder Kasachstan und glauben, dass wir einen Sprachkurs machen und Deutsch lernen.«

»Aber wozu brauchen wir dann Deutsch?«

»Vielleicht, um uns später mit Gott zu verständigen? Vielleicht ist Gott ein Deutscher. Nachher versteht er kein Russisch, wenn wir einen Termin bei ihm haben.«

»Und Engel, verstehen die auch kein Russisch?«

»Klar, sie verstehen hundertpro kein Russisch.«

Es wird für eine Sekunde still, und dann macht jemand einen schmutzigen Witz – plötzlich lachen alle so laut, so glücklich, so selbstvergessen.

»Sie sitzen hier genauso wie wir da unten. Wie wir in unserem Keller. Kein Unterschied«, sagt Grischa.

Ich glaube, er hat recht.

»Das ist irgendwie nicht richtig«, fügt er nach einer halben Minute des Schweigens hinzu.

Ich habe auch das Gefühl, dass hier etwas verkehrt ist, weiß aber nicht, was mich stört.

»Lass uns von hier verschwinden«, sage ich.

»Okay.«

Wir fahren mit dem Aufzug nach unten, drehen eine Runde um das Flüchtlingsheim – ohne besonderen Grund, nur um irgendwas zu machen, einen Punkt zu setzen.

Dann geht Grischa wieder rein, auf sein Zimmer, versucht, seine Mutter und seinen Bruder nicht aufzuwecken. Ich gehe nicht schlafen, stattdessen finde ich eine Tankstelle und kaufe mir eine Ein-Liter-Dose dänisches Bier. Eine riesige, rustikale, ordentliche Männerdose aus dem Kühlschrank, die viel verspricht. Aus dieser Dose würde mein Vater trinken, wenn er hier wäre. Doch mein Vater lebt nicht in Deutschland und trinkt aus anderen Quellen.

Ich steige den Hügel hinauf, auf dem die alte Burg steht. Der Weg ist glitschig und nass, der ganze Hügel ist wie ein riesiger Baum und ich wie ein Wurm, der an ihm hochrobbt. Die Burg ist nachts geschlossen, doch ein wenig weiter gibt es eine Aussichtsplattform mit einem großen Holzkreuz. Ich stelle mich daneben, schaue nach unten. Der Fluss tut seine Arbeit, bringt Eifelwasser in den Rhein. Es ist zu weit, um die Gruppe von Männern auf dem Dach des Flüchtlingsheims zu erkennen, doch sie sind immer noch da.

»Ännchen«, murmele ich leise. »Da sagte Ännchen: Zieht aus eure Hemdchen.«

Und plötzlich fühle ich mich wieder sauber, wieder unschuldig, wieder frei. Als ob alles in Ordnung wäre, nichts passiert, ein blöder Zwischenfall.

»Ännchen«, schreie ich laut nach unten, in die Stadt.

»Ännchen, wo ist denn dein Hemdchen?«, schreie ich und nehme einen Schluck auf Ännchen und auf unser abenteuerliches Leben.

Plötzlich merke ich, dass ich nicht alleine bin. In

der dunkelsten Ecke ist eindeutig eine Gestalt zu erkennen: Ein Typ sitzt auf der Bank. Als er sieht, dass ich ihn anstarre, steht er auf und kommt direkt auf mich zu. Ohne ein Wort zu sagen, schlägt er mir ins Gesicht. Danach verschwindet er.

Seitdem habe ich Heiko nie mehr gesehen. Er hat bei der jüdischen Gemeinde gekündigt, es kam kein Ersatz. Wir trafen uns regelmäßig, und Polina wurde meine Freundin – für ein Jahr, danach gingen wir alle auseinander.

Was hat Ännchen noch mal gesagt?

Was sagte sie?

Ins Licht

»Ich kann mit Engeln sprechen«, sagte sie, knapp eine Stunde, nachdem wir uns kennengelernt hatten.

Ich zuckte mit den Achseln: Schön, das gefällt mir, du siehst gut aus und sprichst mit Engeln. Ich konnte beim besten Willen weder in ihren grünen Augen noch in ihrem Benehmen Spuren von Verrücktheit erkennen. Sie sprach genau so über Engel wie darüber, dass sie gerne Artischocken aß oder es mochte, früh aufzustehen. Wenn es Engel gibt, soll doch jemand mit ihnen sprechen können. Warum nicht sie?

Wir hatten uns gerade beide an der Uni Mainz immatrikuliert, im Studiengang für russische Literatur – wir hatten also die Entscheidung für ein Leben ohne Geld und ohne Zukunft getroffen. Man musste nicht mit Engeln quatschen, um zu verstehen, wie es weitergehen würde. Jetzt gerade fuhren wir mit dem Bus die Weinberge hinab, das Regenwasser auf den Trauben erschien mir wie Wein. Die Engel schwiegen – wahrscheinlich hatte der Regen sie verjagt. Also sprach Alissa mit mir.

Drei Jahre lang dachte ich, wir seien dicke Freunde. In diesen drei Jahren hat sie einen Roman geschrieben – nein, nicht über Engel. Es ging um einen russlanddeutschen Kleinkriminellen. Um ihren Ex-Freund. Sie war jung, verliebt, doch langsam kam sie zu der Erkenntnis, dass sie mit dem Typen ihre Zeit vergeudete. Wir verabredeten uns am frühen Morgen am Bahnhof, damit sie mir das Manuskript zu lesen geben konnte – im Jahr 2005 schon eine ziemlich altmodische Aktion. Dummerweise hatte ich mich am Abend davor mit einer Frau aus Odessa getroffen, die ich im Internet kennengelernt hatte. Um 5 Uhr morgens hatte ich es endlich geschafft, sie zu verführen. Ich war also nicht am Bahnhof. Alissa wartete umsonst und war stocksauer auf mich.

Manchmal denke ich, dass alles, was danach geschah, nur darauf hinauslaufen sollte, dass ich endlich dieses blöde Manuskript lese. Glauben Sie mir, ich habe es sehr sorgfältig – Wort für Wort – durchgelesen, an manchen Stellen musste ich aufstehen und zur Beruhigung ein paar Runden um meinen Schreibtisch drehen. Es war schmerzhaft. Im Russischen gibt es eine Art von Schmerz, der süß ist – solch ein Schmerz war es. Trotzdem war der Roman schwach. Sie wollte ihn »Der Schluss« betiteln. Ich schlug vor: »Raupe. Puppe. Schmetterling.«

Wir machten einen Polnisch-Kurs zusammen. Einmal bekam ich mitten im Unterricht einen Ständer, sie saß neben mir und schaute auf die Beule in meiner Hose. Als wir nach drei Jahren zum ersten Mal miteinander schliefen – auf meinem alten Ledersofa, aus dem an manchen Stellen die Watte herausragte, als wäre es kein Sofa, sondern eine mit Leder überzogene Wolke –, hat sie sich an meinen Ständer erinnert. Bis dahin wusste ich gar nicht, dass Frauen auf die Hosenschlitze von Männern schauen. Vielleicht war sie die Einzige, die das macht. Was weiß ich überhaupt über die Frauen.

Am nächsten Morgen verschwand sie spurlos. Sie ließ sich erst nach zwei Wochen wieder blicken (in dieser Zeit habe ich kaum geschlafen), um mir mitzuteilen, dass sie die Uni schmeiße und nach Süden ziehe. In den deutschen Süden, nicht nach Italien. Wir haben uns am Bahnhof getroffen – diesmal kam ich auch –, ließen uns auf einer dieser kalten metallenen Bahnhofsbänke mit runden Löchern nieder, ich hielt Alissas Hand und sagte passende Worte. Flehte sie an, nicht wegzufahren und stattdessen in meine Wohnung zu ziehen. Ihr Zug kam, er sah wie eine teure Waschmaschine aus, sie lächelte mich an und sprang hinein.

Ich schleppte mich nach Hause: Die Wohnung schien mir leer und verlassen, so als hätte Alissa tatsächlich bei mir gewohnt und nun ihre Koffer gepackt und mich verlassen. Ich setzte mich auf mein Wolkensofa. Mir schien, als hätte sie auch alle Engel mitgenommen, ihren alten Koffer mit ihnen vollgestopft, die Feder und Flügel ragten über die Seiten heraus, und jetzt fehlte etwas in der Luft, irgendein wichtiges Element. In jeder Ecke meiner Wohnung war es still. Die Stadt vor dem Fenster – ich lebte im 13. Stock und hatte einen schönen Ausblick – wurde ein paar Meter kleiner. Die Engel waren weg. Ich aber blieb zurück.

Am nächsten Tag rief ich Alissa an und tat es seitdem jeden Tag. Nach einem Monat ging ich wieder zum Bahnhof und stieg selbst in den Zug, der in den Süden fuhr. Die Fahrt dauerte sieben Stunden mit vielen Umstiegen in kleineren Städten. Die alten Bahnhöfe waren verlassen, die Holztüren vernagelt. Die Bahnhofsmenschen waren längst abgeschafft, Fahrkartenautomaten hatten ihre Stellen übernommen. Ich wechselte von einem Gleis zum anderen, und die Züge, je näher ich dem Ziel kam, fuhren immer langsamer. Die letzten rollten sogar nicht mehr auf geraden Strecken: Die Routen verliefen kreisförmig, als würde nur eine Spirallinie zu Alissa führen.

Der letzte Streckenabschnitt war eine private einspurige Eisenbahn – man musste eine kleine rote Taste drücken, damit der Zug überhaupt irgendwo anhielt. Wir fuhren wie durch das Weltall, kein Lichtfunke draußen, nur Regenwasser floss in Wellen über die Fenster. Der Zug hupte, als wollte er jemanden – wen? – warnen. Ich drückte auf den roten Knopf und stieg in die Dunkelheit.

Es war eine kleine Stadt, die einst auf einen Hügel steigen wollte, doch auf halber Strecke eingeschlafen und liegen geblieben ist. Ich ging durch Straßen ohne Fußwege bergauf, links und rechts weiß gestrichene Einfamilienhäuser mit roten Dächern, der Rasen ordentlich geschnitten. Ich erreichte das oberste Ende der Siedlung – ein geräumiges deutsches Haus mit drei Stockwerken, von allen Seiten mit Gebüsch zugedeckt.

Eine Frau, die ich noch nie im Leben gesehen hatte,

öffnete mir die Tür und verschwand wieder im Inneren des Hauses. Ich zog meine Jacke und Schuhe aus, ließ die Tasche im Flur stehen und ging in die Richtung, aus der ich Stimmen hörte. Es waren lauter Russen, wie sich herausstellte – die meisten waren müde, stille Frauen, sie trugen ärmellose lila Rollkragenpullover und andere Kleidungsstücke, die ausschließlich für russische Frauen hergestellt und entworfen werden, da sie keiner sonst kauft und trägt. Ein paar Männer – mit Bierbauch oder schlank, holztrocken – waren ebenfalls dort, auch still, und, so schien mir, etwas angespannt, nicht in ihrem Element. Es dauerte, bis ich Alissa fand. Sie saß unten, im Keller, wo sich ein großer Seminarraum befand.

Es roch nach Duftkerzen, es spielte eine tibetische Mantramusik, orthodoxe Ikonen glitzerten, und mittendrin, auf einem tibetischen Meditationshocker, saß meine Alissa. Sie lächelte und rollte eine Perle von ihrer Halskette mit den Fingern. Um sie herum saß eine Gruppe von Frauen in Rollkragenpullis – sie neigten sich zu ihr, als suchten sie bei ihr Erlösung. Ich hatte noch kein Wort mit Alissa gewechselt und schon war ich sauer. Dafür hast du mich verlassen? Genau dafür?

Eine kleine rundliche Frau kam auf mich zu, um die sechzig, Haare kurz geschnitten, sie sah aus wie eine Mandala-Malen-wie-in-Tibet-Kursteilnehmerin aus der deutschen Provinz. Das musste Alissas Großtante sein, die Hausbesitzerin, sie sprach kein Deutsch und arbeitete hier als Zauberin. Sie führte mich nach oben und zeigte mir ein kleines Zimmer, wo ich übernachten konnte.

Sie warf mir einen skeptischen Blick zu und sagte, ich solle Alissa erst mal in Ruhe lassen. Dann verschwand sie irgendwo im großen Haus. Ich blieb alleine, machte das Licht aus, ging ans Fenster. Draußen passierte lange nichts, nur in einem weit entfernten Haus wurden die Rollladen heruntergelassen, als würde die Stadt ihre kleinen Augen zuklappen und erblinden.

Wir Russen haben hier in Deutschland ein eigenes paralleles Gesundheitssystem aufgebaut. Steckt euch eure deutschen Ärzte in den Arsch, wir schenken ihnen keinen Glauben. Aus den verlassenen deutschen Dörfern der kasachischen Steppe, aus den kalten sibirischen Erdölenklaven, aus den verwaisten zentralrussischen Holzstädtchen haben wir eigene Ärzte geholt, die keine Tomografie oder Enteroskopie anwenden – so etwas gibt es dort nicht. Unsere Ärzte machen Diagnosen, indem sie die Hand auf dein Foto legen. Sie verschreiben merkwürdige Arzneimittel, die man nicht in der Apotheke kaufen kann. Die Therapie ist hart. Manchmal muss man barfuß in den Garten gehen und etwas in den Rasen flüstern, manchmal muss man lernen, seinen Verwandten zu verzeihen, oder stundenlang beten und meditieren. Oder man muss im eigenen Polstermöbel nach Nadeln suchen, die deine Gäste dort heimlich hineingesteckt haben, damit du krank wirst und bald stirbst – wehe, du findest sie nicht.

Alissas Großtante Tatjana war in diesem Sinne so etwas wie eine Bezirksärztin, doch plante sie schon lange den Umzug nach Spanien zu ihren Kindern. Sie überließ Alissa ihr Haus, ihre Praxis und ihre Kunden. Alissa sollte bis zum Ende ihrer Tage in diesem Städtchen verweilen, um die dort lebenden Russen zu behandeln und ihre Seelen zu trösten. Meine Alissa wird eine russische Hexe, dachte ich.

Während meines Besuchs haben wir kaum miteinander gesprochen – Alissa war viel zu beschäftigt. Nachts aber kam sie zu mir, ihre Halskette aus künstlichen Seeperlen hinterließ gepunktete Streifen auf unserer Haut. Als wären wir beide ein Text, in dem jemand die wichtigsten Stellen unterstrichen hatte.

»Die Männer bitten mich um Rat und reden über ihre Krankheiten, doch ihre Augen erzählen was anderes. Viel lieber würden sie mich einfach ficken«, flüsterte sie.

Ich kehrte nach Mainz zurück und versuchte, so zu leben, als würde es sie nicht geben. Das hat nicht geklappt. Bald war Alissa allein im großen Haus. Sie fragte, ob ich Lust hätte, ihr dort Gesellschaft zu leisten. Ich machte mich wieder auf den Weg nach Süden. Es war Februar, es regnete wieder, die Züge verspäteten sich. Ich erreichte die letzte Umsteigestation, als der letzte Privatzug in die Stadt, wo Alissa nun als Hexe arbeitete, schon weg war. Die Deutsche Bahn gab mir einen Taxi-Gutschein. Es dauerte lange, bis ich den älteren türkischen Taxifahrer überzeugt hatte, vierzig Kilometer durch die Nacht zu fahren. Erst nach Mitternacht erreichte ich das Haus und schlug mich durchs nasse Gebüsch.

Alle drei Etagen waren hell erleuchtet. Alissa sah aus

wie die böse Zauberin aus einem Märchen: Sie trug zehn Kleiderschichten. Sie fror immer und zog morgens das an, was griffbereit lag, die verrücktesten Kombinationen – sexy Dessous und Omas Pumphosen, Tücher und Schals. Kleidungsfetischismus verabscheute sie. Kleider sollen wärmen. Punkt. Sie saß also wie ein großer bunter Wollknäuel auf der Couch und schrieb etwas in ihren Notizblock. Ich machte uns einen Tee. So, dachte ich, nun wird etwas Erstaunliches und Magisches passieren.

Nachts hörte ich Schritte. Unten. Im Haus. Wir lagen im Bett in einem der Dachzimmer, genau an der Stelle des Hauses, wo sich beim Menschen die Nase befindet.

»Du, da ist jemand«, sagte ich zu Alissa.

»Mach dir keine Sorgen«, antwortete sie im Schlaf.

Ich stand dennoch auf, stieg die Treppe hinunter, nahm mir ein Messer aus der Küche und durchsuchte ein paar Zimmer.

»Ich bin ein Russe mit einem Messer, ich bin der gefährlichste Typ in der Stadt«, murmelte ich.

Ich hatte eine Scheißangst. Alissa kam auch herunter – sie trug mein T-Shirt.

»Lass den Quatsch«, sagte sie, »komm ins Bett«.

Wir gingen wieder hinaus, und legten uns wieder hin.

»Manchmal wissen die Menschen nicht, dass sie tot sind«, sagte Alissa. »Manchmal kommt der Tod zu plötzlich, völlig unerwartet. Ein Autounfall, zum Beispiel. Manche verdrängen ihren Tod als eine Art schlechte Erinnerung. Sie schlendern herum, versuchen, ihr normales Leben zu führen, doch ganz tief in ihrem Inneren verstehen sie: Irgendetwas stimmt hier nicht. Nun gibt es aber Menschen, die diesen verlorenen Seelen helfen, in den Himmel zu gelangen – wo sie hingehören. Man nennt das ›ins Licht schicken‹; es gibt ein Ritual dafür. Tatjana kann das.«

»Warum macht sie so was?«, fragte ich.

»Nenn es soziale Verantwortung. Doch es hat auch einen Nachteil. Die Seelen sammeln sich bei uns, im Haus, denn sie wissen, dass ihnen hier geholfen wird. Und da Tatjana weg ist, treiben sie sich herum und warten. Und weil es immer mehr werden, spürst du ihre Präsenz. Du hörst ihre Schritte, zum Beispiel.«

Ich stand wieder auf und zog mich komplett an. Ich traute mich nicht zurück ins Bett, als ob ich Angst hätte, dass die Geister mich zusammen mit Alissa in einem Bett erwischen. »Und woher wissen sie, dass man sie hier ins Licht schickt?«

»Mundpropaganda. Sie kommunizieren ja miteinander. Du weißt doch, wie schnell sich Gerüchte verbreiten.«

»Haben sie keine Hemmungen, dass sie von einer russischen Zauberin hochgeschickt werden? Hier sterben doch meistens Deutsche.«

»Ich glaube, das ist ihnen egal.«

Sie lag in meinem T-Shirt da und umarmte die Bettdecke an der Stelle im Bett, wo ich vorhin gelegen hatte.

»Das ist doch wie bei den Russlanddeutschen«, sagte sie. »Wir haben auch alle zusammen in einem Heim gewohnt, bis man uns auf die Wohnungen verteilt hat.«

»Ach so«, sagte ich und legte mich wieder hin.

Als ich aufwachte, war ich wie immer allein im Bett. Alissa liebte es, frühmorgens zu schreiben, am Besten im Stehen – sie füllte fieberhaft ein Heft nach dem anderen. Ich kam herunter, fand sie in einem der Zimmer, sagte Guten Morgen. Als Antwort bekam ich nur ein Nicken, sie mochte keine Ablenkungen. Wenn ich ihr bei der Arbeit zuschaute, war ich immer neidisch, wie tief sie in ihren Texten versank.

»Sie ist eine echte Autorin. Ich bin nur ein Möchtegern«, sagte ich mir.

Wenn sie schrieb, war sie ganz woanders. Ich blieb dann zurück mit meinem Wasserkocher, mit belegten Brötchen, mit den Geistern, die, genau wie ich, ziel- und sinnlos durch das Haus trieben.

Ich beschmierte eine Scheibe Brot mit Butter, legte Wurst drauf, rief nach Alissa. Normalerweise konnte sie mit dem Schreiben nicht aufhören, also brachte ich Brote in ihr Arbeitszimmer. Ich stellte eine Tasse schwarzen Tee mit Zitrone neben ihr Heft.

Nach dem Schreiben kamen die telefonischen Beratungen. Häufiger als alle anderen Kunden rief eine russische Frau an, die noch immer Single war und davon träumte, so schnell wie möglich zu heiraten. Eine Ehe erschien ihr die lang ersehnte Belohnung für alle Schmerzen und Sorgen dieser Welt – als ob man den Zaun zum Paradiesgarten überklettert. Ich hätte längst die Geduld verloren, ihr Tag für Tag zu erklären, dass diese Dinge so nicht funktionieren, doch Alissa konnte das.

Ich ging in ein abgelegenes Zimmer, wo ich keine Beratung hörte, und schaute aus dem Fenster: Aus allen Richtungen schleppten sich Seelen heran – müde, verstaubt, klatschnass; sie fragten die seltenen Passanten nach dem Weg zu dem Haus, wo man sie ins Licht schicken würde.

Hallo, Geister! Das sind wir – ein sibirisches russlanddeutsches Mädchen und ein Junge aus Leningrad. Hier, in diesem großen russischen Hexenhaus, ist genug Platz für uns alle. Kommt her, wir sind für ein friedliches Miteinander, wir werden uns bestimmt nicht auf die Nerven gehen. Wir sitzen alle im selben Boot – ihr und wir. Wir warten auch.

Ich ging spazieren, bestieg oft den Hügel und wollte nicht zurückkehren. Um uns herum lagen Felder, an deren Rändern Holzkreuze standen. Manchmal nutzten die russlanddeutschen Frauen die Feldwege fürs Nordic Walking. Einige blieben an den Kreuzen sitzen, meditierten, beteten oder schickten Energie, so wie sie es bei Tatjana und Alissa gelernt hatten. Aßen Snacks, die sie in Tupperdosen mitgebracht haben.

Diese Gegend, diese kleine Stadt war so etwas wie die letzte Insel des alten Deutschland. Hier lag die einzige Textilfabrik, die ihren Produktionsort noch nicht nach Asien verlagert hatte. Die Republikaner erzielten super Ergebnisse bei allen Kommunalwahlen. Man mochte hier keine Ausländer. Und trotzdem: Wenn man hier starb, schleppte man sich zu der russischen Hexe, weil keiner sonst sich darum gekümmert hätte.

»Ich vergeude hier meine Zeit«, sagte ich.

»Das ist mein Leben«, antwortete sie, »endlich habe ich das Gefühl, etwas Wichtiges, etwas Interessantes zu machen. Und du – schreib doch! Schreib doch deinen Roman fertig! Hier hast du die Ruhe dafür.«

Es fielen Bücher von dem Regal. Einfach so, von alleine. Eines fiel aufgeschlagen auf den Boden, die Seiten wurden durchgeblättert, als suche jemand ein passendes Zitat. Hinter uns klatschte es – ein Stückchen Zitrone hatte die Tasse verlassen, nun lag es in einer schmutzigen Pfütze.

Es klingelte. Alissa verließ das Zimmer, ohne etwas zu sagen, und begab sich auf die Suche nach dem Telefon.

»Na, wunderschön!«, schrie ich.

Ich griff meinen Laptop und schlug das Profil meiner ukrainischen Internetbekanntschaft auf – sie lächelte. Sie lächelte so offen, so sauber – und sie hatte immer Zeit für mich.

Ich ging die Treppe hoch ins Schlafzimmer. Versuchte, die Tür zu öffnen, aber etwas hielt sie von der anderen Seite fest.

»Verpiss dich!«, schrie ich.

Die Tür öffnete sich. Ich sprang aufs Bett, legte mich auf den Bauch und erstarrte. Im Nachbarzimmer sang eine Männerstimme einen mir unbekannten deutschen Schlagerhit.

»Hast du geheiratet? Ich gratuliere dir!«, war Alissa zu hören.

Ich schlief ein. Ich träumte, ich wäre in Sankt Petersburg und führe mit einer Rolltreppe hinunter in die U-Bahn. Die Rolltreppe scheint unendlich, ich fahre Kilometer um Kilometer unter die Erde, doch statt Matsch und Sumpf sehe ich ein kompliziertes Räderwerk um mich herum – Walzen und Zahnräder. Ich wache auf, weil mir jemand eine Socke vom Fuß zieht. Ich drehe mich um – keiner da.

Ich ziehe beide Socken aus, werfe sie in eine Zimmerecke.

»Nimm, wenn du sie brauchst«, schreie ich auf Deutsch. Gehe hinunter, öffne meinen Laptop. Werfe einen Blick auf das Foto der Ukrainerin. Schlage Google auf und recherchiere ein wenig.

Mit dem Laptop in der Hand gehe ich in den Keller, zünde die Kerzen vor den Ikonen an, überhaupt alle Kerzen, die ich finde. Fange an, zu beten. Lese das »Vater unser« auf Russisch vor. Sage laut, dass ich den Verstorbenen ganz viel Liebe wünsche, damit sie sich schmerzfrei von der Materie lösen können. Ich stelle mir ein weißes Licht vor, das diesen Keller und den Himmel wie eine Brücke verbindet. Wie dieses weiße Licht mich und alles um mich herum umhüllt.

»Kommt hierher, ihr Arschlöcher!«, schreie ich. »Kommt ins Licht!«

Der nächste Punkt wäre, die Engel zu rufen, damit sie sich der verlorenen Seelen annehmen können. Da zögere ich ein bisschen. »Scheißengel«, denke ich, »da sind sie wieder.« Die leuchtenden Gestalten mit den Kristallschwertern in den Händen, immer so brav, so vollkommen, etwas dickköpfig.

»Hey, Engel, lange nicht mehr gesehen, kommt hierher und holt diese Spastis in den Himmel«, sage ich laut. »Und ihr, Geister, hört zu! Gleich kommen die Engel. Ihr habt sicherlich schon vergessen, wie die aussehen, und werdet Angst haben. Das ist normal! Das ist sogar unvermeidlich! Ganz wichtig an dieser Stelle ist, die Angst zu überwinden und mit Daddy in den Himmel zu gehen. Alles wird picobello!«

Ich öffne die Augen und schaue mich um. Überall stehen Schatten und starren mich an.

Mein kleines russisches Leben

Es war ein kalter Sommer, ich hatte meinen Universitätsabschluss in Russischer Literatur hinter mich gebracht. An Wertsachen besaß ich ein Fahrrad und eine Schwimmbad-Saisonkarte. Also radelte ich jeden Tag zum Schwimmbad, das sich auf einer Anhöhe unweit von zwei Plattenbauten des kleinen Mainzer »russischen Viertels« befand.

Gleich hinter den Plattenbauten erstreckte sich eine kleine – drei bis vier Kilometer große – Wüste, die Großer Sand hieß und in den regionalen Reiseführern stolz als einzigartiges Naturphänomen präsentiert wurde. Fuhr man von der Wüste bergab, erreichte man irgendwann den Rhein. An seinem Ufer reihten sich an dieser Stelle auf beiden Seiten Industrieanlagen – dort krachte es ständig, giftige Gaswolken stiegen langsam, wie Wale, auf und versanken im Fluss oder setzten sich in dem armen, hauptsächlich türkischen Viertel auf der anderen Rheinseite nieder.

Das Schwimmbad jedoch blieb von fremdartigen Geräuschen und Gerüchen verschont. Ich suchte mir in der riesigen Anlage einen unauffälligen Platz unter einer dazu geeigneten Kiefer, legte mein Badetuch aufs Gras, las und kritzelte in meinem Notizbuch. Einmal las ich in einem alten Nabokov-Band von einem Mann, einem russischen Migranten, der in Deutschland wie ein Gespenst lebte, völlig unauffällig und ohne soziale Kontakte; sein täglich Brot verdiente er mit einem sinnlosen und unanstrengenden Job. Nabokov nannte das ein »kleines russisches Leben«.

Das erschien mir als Nabokov-Fan unwahrscheinlich attraktiv. Sehr viel attraktiver, in jedem Fall, als mögliche Alternativen, von denen es, ehrlich gesagt, mit meinem Abschluss auch nicht viele gab. Ich erinnere mich, dass ich die Geschichte zu Ende las, aufstand und zum Schwimmbecken ging, ins Wasser sprang und, von Aufregung und Kälte angetrieben, sehr schnell zum anderen Ende des Beckens schwamm. Geatmet hatte ich dabei nicht – das schien mir in dem Moment nebensächlich. Es gab niemanden um mich, nicht einmal die Sonne war da, es war ziemlich kühl.

Und weil ich alleine war, und weil ich an dem Tag so schnell schwamm, so gleichmäßig und schön wie ein Delfin, und weil ich von der Sonne gebräunt und so jung war, erschien mir das Leben plötzlich wie eine sehr einfache und elementare Angelegenheit. Ich stieg aus dem Wasser, zog mich an, setzte mich auf mein Fahrrad und fuhr zur Wüste – sie lag vor mir still und geheimnisvoll, wie ein Wunder zwischen all unseren langweiligen Weinhängen und Rapsfeldern. Ich durchquerte die Wüste mit meinem Fahrrad und fand sie ganz okay, mehr sogar, ich fand sie super und durchquerte sie gleich noch einmal.

»Mensch, was brauchst du mehr?«, dachte ich. »Du hast ein Schwimmbad, du hast den Rhein, und du hast sogar eine Wüste. Komm, sei nicht undankbar, lass deine Karawane hin- und herziehen.«

Mein kleines russisches Leben wartete nur darauf, dass ich anfing, es zu führen. Ich fand recht schnell einen Job als Regalauffüller in einem riesigen Supermarkt. Die Tage verbrachte ich nach wie vor im Schwimmbad, spätabends setzte ich mich auf mein Fahrrad und fuhr zu meinem neuen Arbeitsplatz. Ich fuhr den Rhein entlang, zwischen den Fabriken und Wasserkläranlagen hindurch.

Die Straßen waren nicht durchgängig beleuchtet, also musste man sich anhand von Geräuschen und Gerüchen orientieren – an Motorengeräuschen, zum Beispiel, die immer näher kamen, bis man schließlich eine Autobahnbrücke mit einem schmalen Fußgänger- und Fahrradweg erreichte. Die Brücke war lang, man musste lange kurbeln, um sie zu überqueren. Trotz der vielen Autos auf der Autobahn fühlte ich mich alleine und verloren.

Der Rhein unter mir teilte sich in zwei Ströme. In der Mitte lag eine kleine Insel, auf dieser Insel stand ein Haus und in diesem Haus gab es ein Fenster, das leuchtete. Wahrscheinlich war es nur eine weitere Klär- oder Kontrollanlage mit einem schlafenden Praktikanten, der irgendwelche Tabellen ausfüllen musste. Doch wenn man von dieser unendlichen Brücke schaute, könnte man meinen, dort trinke ein alter Zwerg mit einer komischen Mütze auf dem Kopf seinen Tee.

Der Supermarkt lag direkt hinter der Autobahnbrücke, sein riesiges Schild lockte in leuchtendem Rot.

Nabokov hatte recht: Im Supermarkt kannte keiner meinen Namen und keiner interessierte sich für meine Angelegenheiten. Ich war durchsichtig, ich war nicht zu fassen, ich war ein Gespenst. Wir kamen immer kurz vor Ladenschluss, saßen alle beisammen in einem dunklen Raum und tranken billige Cola, während die unfreundlichste aller Stimmen via Lautsprecheranlage die letzten Kunden aus dem Supermarkt verjagte. Dann durften wir uns in die Halle hineinbegeben und fanden dort mit Folie umhüllte Kistenberge vor. Wir holten unsere Messer heraus und schlitzten die Kisten auf, wie Killer in einem billigen Krimi.

Meistens lagen in diesen Kisten Pulvergerichte: Essen, das zermahlen und dann in eine neue Form gebracht wurde. Die Waren, die am längsten haltbar waren, kamen nach ganz hinten ins Regal. Die, die bald ablaufen würden, nach vorne.

Ich stehe vor einem Regal und beschäftige ich mich mit Dosensuppen – ich kann hören, wie die fette trübe Flüssigkeit darin hin und her schwappt, wenn ich die Kisten in die Regale schiebe. Ich kann die Menschen sehr gut verstehen, die solche Suppen verzehren, die sich nach Liebe und Geborgenheit sehnen, die die Suppe ihnen gibt – vielleicht wird sie von dem Zwerg auf der einsamen Insel gekocht, die ich jeden Tag von der Brücke aus sehe. Ich aber sehne mich nicht nach Liebe. Ich führe mein kleines russisches Leben: keine Pausen, keine Kompromisse.

»Hör mal, wo kommst du überhaupt her?« Hinter mir steht plötzlich ein Typ, den ich seit dem ersten Tag beobachte, wenn wir in der Dunkelheit sitzen und Cola trinken. Graue Haare, Brille, eine laute und eindrucksvolle Lehrerstimme. In unserer kleinen anonymen Runde gilt er als ein Intellektueller. Keiner versteht, warum er für vier Euro die Stunde mit uns Außenseitern, Ausländern, ewig Frustrierten und Menschenscheuen schuftet, wo er sich doch locker einen Bürojob anschaffen könnte. Vielleicht führt er ein kleines deutsches Leben, so wie ich mein russisches. Doch das erste Gebot dieses Lebens lautet: »Lass die anderen in Ruhe«, und das verletzt er gerade.

»Was meinst du?«, frage ich und drehe mich zu ihm um.

»Ich meine, aus welchem Land.«

»Ach so! Aus Russland.«

»Und etwas genauer?«

Das ist sonderbar. Wen interessiert das schon. »Sankt Petersburg.«

»Eine sehr schöne Stadt, sagt man.« Ich sehe, dass meine Antwort ihn enttäuscht.

»Ja, das stimmt.« Ein sinnloses Gespräch.

»Sag mal was auf Russisch«, bittet er.

»Bajkalo-Amurskaja Magistral.«

»Was bedeutet das?«

»Hm. Das ist eine Eisenbahnstrecke in Sibirien.«

»Dann kommst du doch aus Sibirien?«

»Nein.«

»Und warum sagst du ausgerechnet das?«

»Weiß ich nicht«, sage ich ehrlich, »kam mir so in den Sinn.«

Da unser Gespräch offensichtlich in einer Sackgasse steckt, verschwindet der Typ. Ich aber kann nicht verschwinden. Ich stehe vor den Suppenkisten und muss daran denken, wie die Züge, die gerade die Baikal-Amur-Magistrale passieren, laut tuten und sich in einem ewig dauernden kalten Sommer auflösen.

Unser Boss, ein kleiner Säufer mit rotem Gesicht und einer verachtungsvollen Miene, taucht hinter meinem Rücken auf.

»Schlafen kannst du auch zu Hause«, sagt er, und ich mache mit den Suppen weiter.

Die riesige Supermarkthalle, in der wir arbeiten, ist sehr hell beleuchtet, die Lampen sind so grell wie in einem Labor. Ich bin hierhergekommen, um im Schatten zu bleiben, stattdessen stehe ich unter Beobachtung.

»Sag mal ...« Der Typ ist wieder da, und dieses Mal merke ich am Tonfall, dass die Frage wichtig sein muss. »Sind dir schon mal Murdinen begegnet?«

»Mordwinen?«

»Murdinen.«

Ich überlege ein paar Sekunden. »Nein. Wer soll das sein?«

Er zögert, als wüsste er nicht, ob er mir vertrauen kann. »Es gibt so ein Volk. Und es gibt viele davon in Deutschland. Sie sehen aus, als ob man, weißt du, Türken und

Russen vermischt hat. Das heißt, wenn du einen Murdinen siehst, denkst du, das muss entweder ein Türke oder ein Russe sein. Aber nichts da! Das ist ein Murdin. Manche tun so, als wären sie Türken oder Russen. Aber das kann man leicht herausfinden, denn sie sprechen weder Türkisch noch Russisch. Und manche von ihnen sagen dir direkt ins Gesicht: Ich bin ein Murdin!«

»Aha«, sage ich. »Und wo kommen die plötzlich her?«

Er kommt noch näher. »Das ist es ja! Genau das ist die Frage! Woher kommen die? Wo liegt deiner Meinung nach das Land der Murdinen?«

»Keine Ahnung.« Ich zucke mit den Schultern.

»Schlag nach! Such auf Karten! Lies Bücher! Es gibt kein solches Land. Und ein solches Volk gibt es auch nicht.«

Plötzlich fühle ich mich allein und überflüssig. Was mache ich hier überhaupt, denke ich. Ergibt das alles einen Sinn?

Der Typ verschwindet, dafür ist der Boss wieder da. Er steht zehn Meter von mir entfernt und beobachtet, wie ich die Dosensuppen – nicht ohne Hass – aufeinanderstaple. Er ist bestimmt schon mal Murdinen begegnet. Er kennt alle Sorten von Ausländern und weiß, was er von ihnen halten soll.

Anstatt die nächste Kiste aufzuheben, gehe ich auf die Toilette.

»Lass dir Zeit!«, schreit der Boss.

Auf der Toilette gucke ich in den Spiegel. Mein Gesicht, mein übertrieben russisches Gesicht, erzählt keine exotische Geschichte, ich sehe darin weder Leidenschaft noch Intelligenz. Hübsch bin ich auch nicht. Ich sehe in mir meinen Vater, weiter nichts.

»Was glaubst du, wo kommen die her? Diese Murdinen.«

Der Typ ist wieder da. Eigenartig, wie still er herumschleichen kann.

»Denk doch mal nach«, spricht er mit gedämpfter Stimme. »Die Russen kommen aus Russland. Die Türken aus der Türkei. Die Murdinen aus dem Murdinenland. Nur gibt es dieses Land nicht. Niemand hat je gesehen, wo die Murdinen leben. Es gibt auf der Erde kein solches Volk.«

»Entschuldigung, aber ...«

»Ich denke einfach logisch. Wenn man zu mir sagt: ›So und so ist das‹, dann frage ich nach: ›Ist es wirklich so?‹ Ich will nicht manipuliert werden. Wenn über unsere Straßen Murdinen laufen, dann will ich wissen, wer diese Murdinen sind und wo ihre Heimat ist. Und vor allem: Wer hat sie hergeholt? Verstehst du?«

»Nicht ganz.«

»Schau einfach nach oben.«

»Nach oben? In die Berge?«

»Vergiss die Berge. Oben.«

Pause. »Andere Planeten?«

»Genau.« Seine Gesichtsmuskeln entspannen sich. Endlich rafft dieser Russe etwas.

»Und keiner weiß, dass in Deutschland Außerirdische leben?«

»Ja, worüber wissen wir denn überhaupt in diesem Land Bescheid?! Ich habe nichts gegen dich, aber hör mal: Hat man uns gefragt, als die Russen ins Land geholt wurden? Hat man sich für unsere Meinung interessiert, als die Türken kamen? Hat man uns gefragt, ob wir den Euro wollen? Das Gleiche ist auch mit den Außerirdischen passiert. Die Regierung sagt zu denen: Ihr könnt kommen. Und sie kommen. Manche arbeiten, manche beziehen Hartz IV. Aber eins sage ich dir. Noch halten sie sich bedeckt und versuchen nicht, an die Macht zu kommen. Noch. Aber in etwa zehn Jahren werden sie anfangen, aus dem Schatten herauszutreten. Und in zwanzig Jahren werden sie einen Murdinen zum Bundeskanzler ernennen. Was machen wir dann? Welche Politik werden die machen? Vielleicht dem Mars den Krieg erklären! Ich will nicht gegen die Marsianer kämpfen. Mich stören die nicht.«

»Glaubst du, sie sind unter uns, hier im Supermarkt?«

Er schaut sich um, als ob in dieser Toilette überall Aliens lauern würden, und hebt zwei Finger.

»Zwei?«

»Zwei. Aber heute ist nur eine da. Bei der Wurst.«

Erleichtert verlässt er die Toilette. Ich folge.

Draußen wartet der Boss auf mich. Seine Wut versucht er nicht mal zu verstecken.

»Für dich ist die Arbeit für heute vorbei«, sagt er zu mir. »So wie du arbeitest, brauchst du sicherlich kein Geld.«

Er hat recht. Ich brauche kein Geld. Mein kleines russisches Leben ist sowieso überflüssig.

Ich gehe zum Ausgang und mache dabei einen Umweg, um an der Wursttheke vorbeizuschauen. Die Frau, die dort arbeitet, jung, mit blondierten Locken und olivfarbiger Haut, ist definitiv keine Russin. Ich würde sie eher für eine Serbin halten.

»Sag mal, wo kommst du her?«, frage ich sie. Sie antwortet nicht, will nicht mal meinen Blick erwidern. Fängt einfach an, noch schneller ihre Salamipackungen zu verteilen – so schnell, wie ein Zauberkünstler die Karten mischt.

»Wo kommst du her?«, frage ich noch mal. »Aus welchem Land?«

»Jetzt reicht's aber!« Der Boss schreit mir direkt ins Gesicht. Wenn er sich trauen würde, würde er mich schlagen. Doch so weit kann er nicht gehen. Ich gehe zurück in den dunklen Aufenthaltsraum, kicke mit dem Fuß eine Cola-Flasche, nehme meinen Rucksack und gehe.

»Was würdest du dazu sagen, Wladimir?«, frage ich Nabokov, auf einem Bordstein vor dem Supermarkt sitzend. »Du hattest es leicht, mein Freund. Wie hätte dir so was gefallen?«

Ich spüre, dass die Idee des kleinen russischen Lebens grundsätzlich an der Realität scheitert.

»Warum ist es so anstrengend, Wladi? Es soll leicht sein, ich brauche Leichtigkeit. Ich brauche nicht viel. Wirklich, gar nicht viel.«

Der Sternenhimmel fliegt über mir vorbei wie ein unendlicher Güterzug an einem Bahnübergang. Ich weiß, bald wird ein neuer Tag beginnen, die Sonne wird, wie ein blinder Pianist, über die Blechkisten der Fabriken und Supermärkte streifen, als wären es die Tasten eines Klaviers. Die Melodie wird nicht schön sein.

Ich höre Schritte – die Frau, die Murdinin aus der Wurstabteilung, eilt zur Haltestelle des Nachtbusses. Eine Minute höre ich ihren Absätzen auf dem glatten Asphalt des Parkplatzes zu, dann stehe ich auf und folge ihr.

Sie eilt nicht ohne Grund: Der Bus biegt schon um die Ecke. Er ist halb voll, doch ich sehe keine Deutschen darin sitzen, nur erschöpfte, ausdruckslose Gesichter der Nachtschichtarbeiter aller anderen möglichen Nationalitäten. Ich setze mich so nah an die Murdinin, wie es nur möglich ist, mustere von hinten ihren schönen Kopf. Der Bus schwimmt durch die Abgaswolken der Industrieanlagen, es wird neblig, manchmal ziehen auch ärmliche Vororte am Fenster vorbei, Häuser, die in den Fünfzigern für die Übersiedler aus Ostpreußen gebaut wurden. Puffs. Lokale unter albanischer Flagge, in denen andere Nationalitäten nicht willkommen sind. Spielhallen mit Namen wie Casablanca und New York. An einer unauffälligen Haltestelle steigt die Murdinin aus. Und ich natürlich auch.

Es wird hell, ein früher Vogel singt uns sein dummes Zeug, die Straße sieht so trostlos aus, dass Immobilienmakler hier wahrscheinlich so schnell vorüberrasen, dass sie hohe Strafen für Geschwindigkeitsüberschreitungen werden zahlen müssen. Ich stehe vor der Murdinin und schaue ihr direkt in ihre großen Augen.

»Hey«, sage ich und versuche zu lächeln.

Die Murdinin greift mit ihrer kleinen Hand in ihre Tasche und holt eine kleine schwarze Spraydose heraus. Sie sprüht mir damit ins Gesicht, ich kann nichts mehr sehen, die Dunkelheit holt mich ein, die Augen brennen gewaltig. Ich setze mich auf die Straße, um zu zeigen, dass ich kapituliere, und weil es keinen Sinn mehr hat, stehen zu bleiben. Ich weiß, dass man die Augen auf keinen Fall reiben soll, doch das Verlangen danach ist so stark, dass ich es doch mache, und alles wird noch schlimmer. So sitze ich und reibe meine Augen, ich bin im Schatten, ich bin ein Niemand und habe keinen Namen mehr.

Plötzlich höre ich, wie jemand spricht – zwei Männer, sie sprechen eine Sprache, die ich noch nie gehört habe, aber als ich versuche, sie mir anzuschauen, sehe ich nur zwei leuchtende und schimmernde Flecken. Die Flecken sprechen ruhig und selbstsicher, sie schauen mich an, doch sie wollen mir weder helfen noch wollen sie mich angreifen. Ich weiß, dass es Murdinen sind, und ihre Sprache ist Murdinisch.

Als der Schmerz nachlässt, und er lässt tatsächlich nach, lächle ich. Ich sitze und lächle, die Murdinen quatschen über ihre Angelegenheiten und der frühe Vogel singt sein dummes Zeug. So endet mein kleines russisches Leben für immer, es tut mir leid, Wladimir, ich habe es versucht.

Nachtschwimmen

Einmal, in Sankt Petersburg noch, haben wir den ganzen Frühling lang Wasser aus Wasserflaschen getrunken. Mineralwasserflaschen zu kaufen schien eine so große Verschwendung zu sein. Genauso gut kann man doch Geldscheine zum Fenster rauswerfen. Wasser fließt kostenlos aus dem Hahn – das leckere salzige bittere Wasser aus dem Newa-Fluss, das nach Rost riecht. Man kann es durch einen Filter fließen lassen oder, wenn dir dein Leben nichts wert ist, direkt aus dem Hahn trinken. Wasser in Plastikflaschen – das war ein neues Produkt in den Supermarktregalen von Sankt Petersburg, und es gab nur eine Sorte davon. Die Flaschen lagen einfach herum, keiner wollte sie haben. Bis auf meine Mutter. Den ganzen Frühling lang hatten wir Kohle, Gott weiß woher, und Mama sagte: »Wir werden Wasser aus Flaschen trinken.« Der Frühling ging vorbei, die Kohle war weg, wir holten unseren alten Filter aus dem Küchenschrank: Wasser tropfte langsam aus dem Plastikfilterröhrchen, als spendete jemand Blut.

Im Juni kam bei uns ausschließlich das auf den Tisch, was Babuschka in ihrem kleinen Garten erntete. Wir warteten sehnsüchtig auf die ersten frischen Kartoffeln, die Anfang Juli kommen sollten. Stattdessen aber kam der Professor zu uns.

Der Professor lebte in Deutschland. Er war groß und schlank, gemacht aus Rot und Weiß – rotes Gesicht, rote Glatze, weißer Bart. Er trug beige Hosen und ein weißes Polo-Shirt. Beides stand ihm nicht. Er mochte Streifen. Er hatte kluge und traurige Augen und war im Grunde ein netter Kerl. Manchmal schaute er auf mich hinab, als wollte er sagen: »Hey, ich verstehe dich, aber ich kann nichts machen. Sorry.« Wir alle spielten unsere Rollen, und meine war nicht die schlechteste und nicht die schwierigste. Ich sollte einen Kuscheljungen spielen – das heißt, höflich und dämlich sein. Mich freuen, ein neues Land entdecken zu können, passende Fragen stellen, die mein Engagement demonstrieren, Leckereien essen, die uns in Russland nicht zugänglich waren – das war's. Die Rolle war an sich ganz okay. Es gibt viel schlimmere.

Mama hatte sich den Professor über eine Zeitungsannonce geschnappt, als Deutschlehrerin war sie natürlich ein Geschenk für solche älteren Herren. Sie beherrschte die deutsche Sprache und hatte minimale Ansprüche – Lehrer bekamen Mitte der Neunziger in Russland einen Hungerlohn. Nachdem sie ein paar Monate lang telefoniert hatten, hat uns der Professor Tickets nach Deutschland gekauft – erst mal für sechs Wochen mit der Option der Verlängerung, falls es zwischen uns dreien ernst werden sollte.

Der Professor holt uns am Düsseldorfer Flughafen ab. Er kommt in seinem alten roten Golf, springt uns aus irgendeinem Versteck entgegen, tanzt im Kreis um uns herum, führt uns zum Parkplatz. Dort hat der Kuscheljunge seinen ersten Auftritt: Ich schaue auf Mama und kapiere blitzschnell, was ich machen soll. Mit einem dämlich stolzen Gesicht greife ich den Gepäckwagen mit unseren Koffern und fahre ihn ganz nach vorne. Mit vollem Einsatz demonstriere ich, dass es mir Spaß macht, den Wagen zu schieben, und wenn man es mir nur zutraut, werde ich damit weiter und weiter gehen, bis wir die schöne Stadt Essen erreichen. Der kleine Idiot fährt eure Sachen, wohin ihr wollt.

Auf dem Weg nach Essen machen wir an einem See halt – ich sage ja, der Professor gibt sich Mühe. Wir essen Eis in einem Café neben dem schönsten Rosenstrauch, den ich je gesehen habe, und der Rosenduft vermischt sich mit dem Geruch der in der Sonne liegenden Steine, über die eine extrem süße Eisenbahn fährt, die fast wie ein Spielzeug aussieht. Meine Kuscheljungen-Rolle hindert mich, das richtig zu genießen, denn das Genießen wird zur Pflicht, sozusagen zu meiner Routine. Ich lerne schnell, und sobald wir mit dem Eis fertig sind, beherrsche ich schon das Handwerk. Der Professor geht zum See, zieht sich aus und taucht ins grüne, trübe Wasser ein. Mama steht am Ufer und lacht.

In der großen Wohnung des Professors hat jemand zwei Eimer Sonnenlicht auf den Boden gekippt. Ich versuche, mich so zu bewegen, dass ich diesen Sonnenflecken ausweichen kann, und erkunde so die Wohnung. Tagsüber ist Mama in einem Deutschkurs, der Professor ist manchmal in seinem Universitätsbüro, manchmal zu Hause. Wenn Mama zurückkommt, gehen sie in die Küche und lachen dort zu zweit. Ich krieche hinterher, erbettele irgendeine Süßigkeit mit einem »Darfisch« und verschwinde wieder in einer dunklen Ecke. »Darfisch« ist das erste deutsche Wort, das ich lerne. Es bedeutet so viel wie: »Darf ich das nehmen und fressen?« »Darfisch« ist auch ein Teil meines Jobs: Mama ist überzeugt, dass der Kuscheljunge nichts nimmt, ohne zu fragen. Ansonsten gibt es nur »Guten Morgen« und »Gute Nacht«, mehr Deutsch brauche ich nicht.

In nur drei Wochen werde ich fett und verblödet von all dem Gehorsam und Nichtstun. Ich vergesse, wie meine Mama früher war. Gleichzeitig merke ich, wie sich meine Sinne geschärft haben: Ich kann hören, wie der Wind eine Buchseite im Nachbarzimmer umblättert. Irgendwie verstehe ich auch, dass der Professor plötzlich Angst hat, mit mir allein in der Wohnung zu bleiben. Kann ich nachvollziehen: In seiner Wohnung gibt es plötzlich mich – ein fettes Geschöpf, das sich mithilfe eines »Darfischs« vollstopft und sich in den Spalt zwischen Couch und Sessel quetscht, um die Schokolade zu verdauen. Ich glaube, er denkt, dass ich ihm irgendwann auflauern, ihn anspringen und seine Kehle durchbeißen werde. In der Küche wird immer seltener gelacht.

Abends krieche ich auf den Balkon. Die Stadt riecht nach Eisen und Wasser, ein Zug folgt dem anderen in einer unendlichen Schleife. Ich habe den Eindruck, ich sitze in der Hosentasche der Stadt und sie trägt mich weg, um mich gegen etwas Wertvolles umzutauschen. Gegenüber wohnt eine große türkische Familie. Dort verbringt die Oma die Abende in der Küche, kocht Berge von Essen. Die Kinder bekommen von ihr saftige Stücke (sie werden sicher auch »Darfisch« sagen müssen) oder tragen ganzen Platten ins Wohnzimmer.

Die Zeit, die ich alleine bin (was meistens der Fall ist), verbringe ich in einem Zustand schläfrigen Wartens. Die ständige Bereitschaft zur debilen Freundlichkeit, zum Vorwegnehmen der Wünsche anderer und zu aktivem Spaßhaben ermüdet mehr als jede harte Arbeit. Auf dem Balkon erstarre ich wie ein Frosch, ich verstecke mich hinter einem großen Geranientopf, überwache jede Bewegung, die Menschen, Autos, Vögel oder der Wind machen, ich verfolge sie mit meinen trüben Augen. Plötzlich spüre ich, dass auch ich beobachtet werde. Ein türkischer Junge schaut auf mich herab – er hat das Fenster geöffnet und streckt seinen Körper so weit heraus, dass er herausfallen kann. Er fällt aber nicht – vermutlich weil er sich mit seinem Blick auf mich stützt, und ich bin fett und schwer genug, um ihn zu halten. Ich bewege mich etwas tölpelhaft unter seinem Blick – aus irgendeinem Grund pflücke ich eine Geranienblume und versuche, sie dann wieder an dem Strauch zu befestigen. Danach fliehe ich in die Küche, um dort etwas Essbares zu klauen.

Am nächsten Tag kippe ich ein Büchergestell um bei dem Versuch, zwischen diesem und der Wand hindurchzukriechen (ich meide offene sonnige Routen im Zentrum des Zimmers). Bücher und Magazine liegen auf dem Boden wie tote Vögel. Ich versuche, mich zu verstecken, doch der Professor findet mich und schmeißt mich raus. Ich stehe wie erstarrt vor dem Haus und fühle nichts. Manchmal gehen Menschen vorbei, Menschen mit verwischten Gesichtern und verwischter Kleidung – ich weiß weder, wer sie sind, noch wohin sie gehen. Ich glaube, wir gehören zu verschiedenen biologischen Klassen. In den vergangenen drei Wochen habe ich die Menschenwelt verlassen.

Ich höre ein metallisches Klingeln. Ein Gummirad berührt unsanft meinen Fuß. Es ist der türkische Junge, der mich gestern beobachtet hat. Ich erkenne ihn sofort. Ich gehe zur Seite, damit er mit seinem Scheißfahrrad vorbeifahren kann, doch er will das nicht. Er steigt ab und lässt mit einer coolen Lockerheit sein Fahrrad einfach auf die Straße fallen, dann baut er sich vor mir auf. Er ist ein wenig älter und ein wenig kleiner als ich, mager, streitsüchtig, mit einem lustigen Schnurrbartgewächs. Er trägt Fußballschuhe zu einer Stoffhose, sein Haar ist mit fettigem Gel eingeschmiert.

Er schlägt mich in den Bauch, der Schlag kommt gar nicht schnell, doch ich bin zu apathisch, um ihn zu blockieren. Es tut auch nicht weh – mein Bauch schwankt wie eine Qualle. Ich glaube, der Junge tut das wegen seines Fahrrads, das auf den Boden gefallen ist, vielleicht habe ich ihn irgendwie provoziert. Oder ihm gefällt nicht, dass ich seine Familie ausspioniere.

Egal wie viel Mühe ich mir gebe, ich kann beim besten Willen kein Interesse für die bevorstehende Schlägerei in mir erwecken. Es wäre ratsam zu fliehen, Hilfe zu rufen oder zu kämpfen, sich zu verteidigen, doch ich gehe einfach einen Meter zur Seite und bleibe dort stehen. Ich will in die Wohnung zurück, um mich dort zu verstecken, doch ich ahne, dass der Professor mich nicht reinlässt, bevor Mama kommt. Rechts von mir ist ein Kaugummiautomat – zwanzig Pfennig rein, einmal drehen, eine süße Chemiekugel rollt heraus. Ich drehe an dem Schalter, als ob ich vergessen hätte, dass ich hier mitten im Streit bin.

Der Junge kommt auf mich zu und schaut, was ich mache. Es knackt im Automaten und plötzlich rollt eine kostenlose Kaugummi-Kugel heraus. Ich greife sie mit meinen Fingern, ich halte sie an meine Nase: Ein Geruch, den ich »Zärtlichkeit« nennen würde. Der Junge nimmt mir die Kugel weg und steckt sie sich in den Mund. Er lutscht sie ein paar Sekunden – und gibt sie mir zurück. Ich stecke den Kaugummi in meine Hosentasche, ich glaube, ich werde ihn diese Nacht abwaschen und aufessen. Danach nimmt der Junge sein Fahrrad und verschwindet.

Vor der Haustür steht schon meine Mama mit einem großen Aktenordner in der Hand. »Ich freue mich so, dass du jetzt Freunde hast«, sagt sie.

Nachts bombardiert der Junge mein Zimmer mit weißen Bohnen, während ich im Dunkeln lustlos herumliege. Die Bohnen springen auf den Boden des Balkons, knallen auf die Fensterscheibe, landen im Geranientopf. Eine Bohnensalve folgt auf die nächste – es ist ein Bohnenregen. Ich krieche auf den Balkon, ich schütze mein Gesicht mit meinen Händen, ich schaue durch einen Spalt zwischen den Fingern zu ihm. Sobald er mich sieht, hört er auf, mich mit Bohnen zu bewerfen, und macht ein Zeichen, das nur »Komm raus!« bedeuten kann. Ich gehe ins Zimmer und lege mich zurück ins Bett. Doch nach zwanzig Sekunden stehe ich auf und verlasse heimlich die Wohnung.

Auf der Straße lebt die Nacht. Es passiert nichts weiter. Alle Fenster, die ich sehen kann, sind von Rollladen geschützt, als ob für heute Nacht eine Zombieattacke angekündigt wäre. Unter den Rollladen schimmert weiß-blaues fettes Fernsehlicht. Ich höre unweit einen Güterzug, der die Maschinen transportiert, die man hier in der Gegend produziert. Die smarten Maschinen, die erbarmungslosen Maschinen, die jedes Material umformen können. Nach etwa vier Minuten kommt der Junge heraus. Er schleppt sein Fahrrad.

Aus dem Keller hole ich das Fahrrad des Professors, wir gleiten in die Nacht. Es windet stark. Der Radweg befindet sich hinter Bäumen, im Schatten, dort, wo kein Straßenlicht hindringt. Es scheint mir, als ob wir durch einen schwarzen Tunnel fahren, in dem die Bögen lebendig sind und rauschen. Ich habe nie geglaubt, dass Bäume so laut sein können – als ob von den Ästen Flugzeuge starten. Außer uns ist hier keine Seele. Dann leuchtet etwas in der Ferne, wir verlassen die Dunkelheit und fahren in blaue kalte sterile Lichtstrahlen, die besser für einen Himmelsoperationssaal passen würden, wo man aus Seelen eklige Substanzen rausschneidet – Würmer, zum Beispiel. Doch es ist nur eine Tankstelle.

Der Junge lässt sein Fahrrad auf den Boden fallen und geht hinein, ich folge. Es gibt hier keinen Verkäufer, also springt er über die Theke, greift ein Päckchen Marlboro, checkt die Kasse – ist zu – und ist wieder bei mir. Er klopft mir auf die Schulter, was wohl so etwas wie »So wird es hier bei uns gemacht« bedeuten soll, und geht schnell raus.

Ich schaffe es gerade noch, auf mein Fahrrad zu steigen, als er schon die Tankstelle verlässt und auf dem Weg mit seinem Fuß gegen die Schranke kickt. Die Schranke zittert wie eine Kompassnadel, die den Norden verloren hat.

Wir fahren in den Park, tropfenähnliche Laternen zeigen uns hier und da den Weg. Die Bäume sind jetzt still, es knirscht bloß der Kiesweg unter unseren Rädern. Ich schaue auf den Rücken meines Freundes. Seinen Fahrstil finde ich etwas kurios: Sein Körper wackelt von einer Seite zur anderen, als ob sein Fahrrad ihn loswerden will. Rechts erscheint eine große beleuchtete Villa, vermutlich ein Haus eines Industriebarons. Über unseren Weg hin zu dieser Villa kriecht ein Tier, das mir wie ein kuscheliger Wurm erscheint. Der Junge hält bei dem Tier an, ich nähere mich, steige ab, lasse mein Fahrrad fallen (das habe ich schnell gelernt) und erkenne, dass es sich um ein verletztes Eichhörnchen handelt, und zwar um ein Exemplar von seltener Schönheit. Den langen kuscheligen

Schwanz schleppt es mühsam hinter sich her, als ob er für das Tierchen eine unerträgliche Last wäre.

Als das Eichhörnchen uns bemerkt, versucht es, schneller zu kriechen. Das klappt kaum. Es hat keine Kraft mehr. Warum kriecht das Eichhörnchen zu der Villa? Will es dem Baron eine letzte Ehre erweisen, als einer geheimnisvollen und grausamen Macht, die hier in diesem Park das Sagen hat? Einen letzten Segen vor dem Tod bekommen? Ich weiß es nicht. Vor meinen Füßen liegt ein schwarzer Stein mit einer scharfen Kante, vielleicht ein Stück Kohle. Ich greife den Stein, fixiere mit der linken Hand den zitternden Körper des Eichhörnchens und schlage mit der Rechten auf das Eichhörnchen ein. Auf die Stelle, wo der Schwanz des Tieres beginnt. Es ist nicht einfach, denn der Schwanz taucht in den weichen Kies ein. Das Eichhörnchen schweigt, sein Körperchen zittert in leichten Krämpfen, doch es gibt keinen Laut von sich. Schließlich schaffe ich es, ich trenne den Schwanz vom Körper und nehme ihn in die Hand.

Kaum stehe ich, muss ich dem Jungen ausweichen. Er rollt mit dem Fahrrad über die Leiche des Eichhörnchens. Zwei Gummiräder zerquetschen den kleinen Körper, der wie ein blutiger Handschuh aussieht. Ich setze mich auf mein Fahrrad und folge ihm.

Die Lüge des Professors bestand darin, dass er sich so verhalten hat, als hätte er eine freie, emanzipierte Frau mit ihrem Kind zu sich eingeladen. Eine wohlhabende Frau aus der gleichen sozialen Schicht. Als wäre meine

Mama so etwas wie eine französische Freundin – ein paar Jahrzehnte jünger –, die man aus Paris für ein Weekend nach Essen einladen kann. So wie es freie erwachsene Menschen mit anderen freien erwachsenen Menschen eben tun. Einladen, Liebe machen. Fakt war aber, dass keine Französin, insbesondere eine ein paar Jahrzehnte jüngere, diese Einladung je angenommen hätte. Er war kein Professor, in den sich junge Studentinnen verlieben. So eine Ausstrahlung besaß er nicht. Im Grunde war er ein einsamer und nicht sehr interessanter trauriger Mann, der mit seinem Älterwerden nicht sonderlich gut zurechtkam. Nach sechs Wochen schickte der Professor uns nach Russland zurück. Seitdem haben wir nie wieder etwas von ihm gehört.

Leider hat keiner von uns in den zwanzig Jahren, die seitdem vergangen sind, etwas dazugelernt. Der Professor, sollte er noch leben, ist bestimmt mit einer Thailänderin verheiratet und denkt, dass es ihr freier Wille ist. Meine Mama hat drei Jahre nach dieser Geschichte ihren Deutschland-Traum über Umwege verwirklicht und lebt jetzt in einer mittelkleinen westdeutschen Stadt. Ich bin auch nicht klüger geworden.

Nach zehn Minuten erreichen der Junge und ich eine Brücke, die über einen schmalen Kanal führt, dessen Ufer mit Eisenplatten befestigt sind. Wir setzen uns auf den Rand der Brücke, baumeln mit den Füßen und spucken auf dieses ordnungsliebende, im Eisen gefangene Wasser. Ich schaue auf meine Hände, das Blut darauf ist schwarz. Sterne fliegen vorbei, wie eine Handvoll weißer Bohnen. Es geht ein Wind, das trockene Gras am Ufer fängt an zu schimmern. Es riecht nach Kohle und Heu. Der Wind ist warm. Ich fühle zum ersten Mal, dass es Sommer ist, und er wird noch lange dauern. Ein roter Funke leuchtet auf – der Junge raucht seine Marlboro. Er reicht mir eine Kippe, ich will nicht.

Dann springt er – Angeber – mit der Zigarette in der Hand ins Wasser. Nein, er springt nicht, er fällt, wie sein Fahrrad. Ich schaue, wie der rote Funke dort unten verschwindet, dann ziehe ich mein T-Shirt aus und folge ihm. Es ist nicht besonders hoch, drei Meter oder so. Als ich auftauche, merke ich, dass ich zwischen den Sternen schwimme. Ich lache und tauche wieder unter Wasser. So habe ich für immer aufgehört, ein Kuscheljunge zu sein. Ich bin zu einem Nachtfisch geworden. Und bleibe es bis heute.

Goldenes Tor

Immer wenn ich betrunken bin, erzähle ich die Geschichte vom Goldenen Tor. Am liebsten am Rhein, in einer warmen Nacht.

»Schaffen wir es, bis zum Goldenen Tor zu schwimmen?«, sage ich laut und lache.

»Was?«, fragt jemand. Dann erzähle ich. Ich habe mit der Geschichte nie Erfolg. Egal, es geht darum, dass es Wunder gibt. Es geht um ein Boot.

Eines Tages, oder vielleicht ist es auch Nacht, im Juni lässt sich das schwer unterscheiden, erreicht ein altes Motorboot die Kanonerskij-Insel.

Ein Mann steigt ans Ufer und läuft zu einem grauen neunstöckigen Plattenbau. Nach wenigen Minuten weiß das ganze Haus Bescheid. Nach einer halben Stunde erreicht die Information das Nachbarhaus, vierzig Minuten später ist der hässliche Plattenbau gegenüber auch bestens informiert, und danach ... Es gibt kein danach. Der Informationsstrom ist unterbrochen, es gibt keine Häuser mehr, nur Wasser – den Kanal, auf dem Schiffe die Stadt verlassen.

Grimmige, schweigende Männer in Gummistiefeln

verlassen die Plattenbauten, gehen zu illegalen Bootsgaragen. Das sind Häuschen aus verrosteten und krummen Eisenplatten, keiner hat sie angemeldet, sie stehen einfach da. Man trägt die alten Motorboote ans Ufer – manche muss man, wie Zähne, mit einem Knacken aus den Garagen herausreißen. Man checkt die Motoren der Marke »Windchen«, man trinkt schnell ein Bierchen vom Stepan-Razin-Kombinat, man sticht in See.

Das Meer – in einem zärtlichen Blau – ist klar. Die Motoren singen. Die Möwen ziehen ihre Kreise so dicht über dem Wasser wie Wasserspritzer von den Wellen. Und weil die Sonne schon seit Ewigkeiten dort oben hängt und alles drum herum so blau ist, das Meer ist mit dem Himmel verschmolzen, gibt es keine Richtungen mehr, die Koordinatenachse ist verrutscht – es scheint, die alten Boote fliegen hoch in den Himmel, wie Raketen.

Ich bin fünfzehn und liege bei mir zu Hause auf den Kartons der deutschen Kleiderhilfe. Ich schlafe nicht, ich höre, wie mein Herz klopft. Es fühlt sich an, als wäre die Rippenwand, die mein Herz von der großen Welt da draußen trennt, dünn wie das Papier von chinesischen Laternen. Mein Herz will ein Loch reißen, herausschlüpfen, die Grenzen meines Körpers verlassen. Es möchte nicht in diesem Körper bleiben, der so überflüssig ist, fehl am Platz, von keinem Mädchen geküsst, für nichts zu gebrauchen.

Das Telefon klingelt. Jegor, mein Cousin, fragt, ob wir Säcke zu Hause haben, am besten riesige Zuckersäcke. Ja, sie liegen im Küchenschrank, Babuschka schleppt damit Kartoffeln an.

»Nimm alle, die du finden kannst, und komm sofort zu mir auf die Insel«, sagt er und legt auf.

Ich gehe am Meer entlang, ich kann fast nichts sehen, so viel goldenes Licht strahlt mir in die Augen. Ich trage die weißen Zuckersäcke. Fäden stehen hervor, ich zupfe sie ab, der salzige Wind reißt sie mir aus den Fingern und trägt sie nach oben – da hat wohl jemand Lust, zu nähen. Am Ufer liegen Ziegelscherben, Betonbrocken, Gerüstteile, als würde da unten, auf dem Meeresboden, eine Fabrik gebaut und die Wellen bringen uns die überflüssigen Reste. Auf dem Land wird hier schon seit Jahren nichts mehr gebaut.

Auf meinem T-Shirt ist ein amerikanischer Friedhof abgebildet, die schlichten weißen Kreuze reihen sich bis zum Horizont. Der Druck ist von schlechter Qualität, ich spüre die Farbe an meinem Körper, sie ist kalt und klebt an meiner Haut. Angenehm ist es nicht, aber das ist mir egal, ich habe kein T-Shirt, das cooler aussieht.

Jegor kommt mir entgegen mit einem Benzinkanister in der Hand. Er sieht besorgt aus.

»Ich habe uns ein Boot arrangiert«, sagt er.

Und: »Komm, wir müssen uns beeilen!«

Das Wort »beeilen« passt irgendwie nicht zu dieser Landschaft – Sonnenflecke tanzen auf dem Wasser, ansonsten schläft auf der Insel alles.

»Wohin denn beeilen?«, frage ich.

»Dahin.« Jegor zeigt auf das Meer. Sehr langsam fahren

alte Motorboote an uns vorbei. Manche sind mit Zuckersäcken beladen, auf den anderen liegen Haufen von grünem Zeug – mehr kann ich nicht erkennen.

»Was ist das?«, frage ich.

»Bananen.«

Die Boote sind übervoll, schwer, manche liegen bis zur Bordkante im Wasser. Wie kleine Bananeninseln gleiten sie über das glatte Meer.

»Bei der kleinen Nachbarinsel sind mehrere Tonnen Bananen angetrieben«, erzählt Jegor. »Direkt ans Ufer. Wo die herkommen, weiß keiner. Vielleicht ist ein Schiff gegen einen Felsen gestoßen und ein paar Container sind über Bord gefallen. Oder Matrosen haben Kokain geschmuggelt und die Container bei einer Kontrolle ins Meer geworfen. Egal. Ich brauche Kohle, ich habe Schulden. Die sind schon hinter mir her. Die Insel ist klein.«

An der geöffneten Tür einer Bootsgarage wartet ein großer Typ auf uns. Er trägt grellorange Jeans und ein schwarzes T-Shirt. Dazu Sonnenbrille.

»Sag mir bloß nicht, dass der Satanist auch mitkommt!«, sagt er zu Jegor. »Du kriegst trotzdem nur die Hälfte, wir teilen nicht durch drei.«

Dann reicht er mir freundlich seine Hand, als wäre er erfreut über mein Erscheinen. »Ich bin Flash!«

Jegor antwortet nicht, er macht eine undefinierbare Geste mit seiner Hand. Er ist schon mit dem Boot beschäftigt.

Über uns brennt die Sonne vom Himmel. Das Meer riecht scharf nach Benzin – es passt, als wäre es sein natürlicher Geruch. Links und rechts des Bootes fliegen kalte Wasserspritzer hoch wie kleine Engel.

»Willst du sterben?«, fragt mich Flash mit lustiger Stimme – wir sitzen Schulter an Schulter vorne im Boot, Jegor ist hinten alleine, er hält die Pinne.

»Wie kommst du darauf?«

Er stößt mit einem Finger in das Friedhof-Bild auf meinem T-Shirt.

»Ach so! Das ist Heavy Metal«, erkläre ich.

Flash zieht eine verachtende Grimasse.

»Ich weiß nicht, vielleicht will ich das tatsächlich«, sage ich ehrlich und schäme mich sofort für diesen Einfall.

»Ist mir doch egal«, antwortet er.

Ich bin rot geworden und schaue nach links, weg von Flash. Wir fahren an der Einmündung des Kanals vorbei, der zum Stadthafen führt. Am rechten Ufer stehen riesige graue Steinbuchstaben, die das Wort LENINGRAD bilden. Links befindet sich Wald. Wären die Buchstaben nicht hier, würde die Stadt vom Meer aus wie ein finnisches Dorf aussehen. Sie trägt schon seit sieben Jahren einen anderen Namen, doch ich weiß, dass diese Buchstaben hier ewig stehen werden, wie ägyptische Pyramiden – bis die Wellen und der Wind den Stein zerstören.

»Goldenes Tor«, sagt plötzlich Jegor. »Da, wo die Buchstaben sind, das nennt man Goldenes Tor.«

Ein deutsches Containerschiff verlässt den Kanal. Auf

dem schwarzen Stahl steht der Name: »Rostock«. Es holt uns ein, wir fahren parallel – das macht Spaß, als würden wir einen riesigen schwarzen Wal jagen. Das Schiff gibt Gas, eilt in die Ferne, es passt irgendwie nicht hierher, dieser schwimmende schwarze Kasten. Als es weg ist, sehen wir endlich die Insel.

Sie ist klein, ein paar Hundert Meter lang, fünfzig Meter breit, und unbewohnt. Nichts als Steine und Gebüsch – unten große, von den Wellen polierte Felsen, oben schmutzige Äste, ineinander verknäult wie ein Haarball. Die ersten Bananen treffen wir schon hundert Meter vor der Insel an. Klein und grün tanzen sie in den Wellen, sonnen ihre runden Rücken. Auf dem Strand der Insel ist nur ein Boot zu sehen.

»Sieht so aus, als kommen wir zu spät zur Party«, sagt Flash.

Auf den Steinen liegen Bananen, aber sie sind klein und faul. Sie wurden bestimmt von denjenigen aussortiert, die rechtzeitig zur Party gekommen waren. Mit ein bisschen Mühe schaffen wir es bestimmt, zehn Kilo von diesem faulen Dreck zu sammeln, doch ob sich das lohnt? Was sollen wir damit anfangen? Mit langen Gesichtern erkunden wir die Küste. Das Boot, das am Ufer liegt, ist voll beladen. Bei ihm treiben sich zwei Glatzköpfe in Bomberjacken herum. »Skinheads«, sagt Flash. Da wir sonst nichts zu tun haben, gehen wir zu ihnen hinüber.

»Hitler kaputt«, sagt Flash höflich auf Deutsch in dem Ton, in dem man »Guten Abend« sagt. »Ihr wart aber sehr fleißig!«

Er weiß noch nicht, wie er sich verhalten soll. In unserer Stadt leben, wie in jedem Märchenkönigreich, verschiedene Rassen – Elfen, Zwerge, Hobbits. Die Skinheads sind die Nazgûl, die Ringgeister. Wenn sie irgendwo auftauchen, sollte man möglichst schnell abhauen.

Der Weg eines Skinheads ist nicht mit Blumen übersät. Erst in fünf Jahren werden sie im Trend sein. Nicht mal die Frauen mögen sie jetzt. Um ein Skinhead zu werden, muss man fit sein und darf nichts zu verlieren haben. Doch diese Skinheads hier sind jünger als wir und sehen aus wie Weicheier. Dazu sind sie in der Unterzahl. Ich glaube, Flash stellt sich gerade die Frage, ob sie bewaffnet sind. Seinen Gruß erwidern sie nicht – stattdessen versuchen sie natürlich, schnell ihre Siebensachen zu packen und zu verschwinden. Das Boot ist voll, es gibt keine Bananen mehr auf der Insel. Am liebsten würden sie uns ignorieren, doch das fällt schwer – schließlich sind wir nicht zu übersehen. Nicht mit Flash an unserer Seite. Ein Skinhead humpelt. Das spornt Flash an. Er mag das.

»Wo hast du deinen Fuß verletzt, Freundchen?«, fragt er nett. »Stalingrad war schon eine heiße Sache, nicht wahr?«

Dem anderen Typen brennt die Sicherung durch. Er stürzt sich auf Flash.

»Du hältst dich wohl für schlau!«, schreit er.

»Ganz ruhig, Hitlerjugend! Hab nur gefragt«, sagt Flash.

Er geht etwas zur Seite und gibt uns ein Zeichen, dass wir zu ihm kommen sollen.

»Wir nehmen ihre Bananen«, flüstert uns Flash zu. »Ich will den Weg hierher nicht umsonst gemacht haben.«

Die Sonne knallt vom Himmel, ich spüre die Strahlen wie einen Hammer auf meinen Kopf schlagen. Es ist unmöglich, klar zu denken.

»Weiß nicht«, murmelt Jegor.

»Was weißt du nicht?«, fragt Flash. »Das sind doch richtige Nazis! Schlimmer als Tiere. Du hast doch bestimmt schon gehört, was die im Krieg so alles angerichtet haben. Du, Friedhof, sag du doch was.«

Jegor und ich schweigen, als stünden wir vor der Aufgabe, zwei Monster, die wir gefangen genommen haben, töten zu müssen, um die Menschheit zu retten. Die Sonne. Ich schwitze, meine amerikanischen Kreuze kleben an meiner Brust. Ich nehme eine Banane vom Boden und beginne sie zu schälen – sie sieht ganz ordentlich aus. Und schmeckt gut. Flash starrt mich an wie ein Reptil.

»Na gut«, sagt endlich Jegor.

Flash wendet sich den beiden Skinheads zu. »Na, ihr zwei! Adolf und Eva Braun! Der Plan lautet: Tut alle Bananen in unser Boot. Und zwar schnell«, ruft er. »Und wenn ihr fertig seid, haut ab nach Berlin! Unsere russische Bananen sind nicht für euch, klar!?«

Die Skinheads finden das gar nicht lustig. »Hol dir deine Bananen doch selbst, du Arschgesicht«, schreit der humpelnde Typ.

Ich schätze, so einfach wird es nicht.

»Warte mal«, sagt Jegor. »Guck mal, der Typ hat keinen Fuß.« Er hockt sich hin, ein paar Meter von dem Humpler entfernt, und betrachtet dessen Fuß. Es sieht eindeutig nach einer Prothese aus – der Skinhead trägt einen Riesenschuh, in dem ein rundes Holzding steckt. Ich starre auf seinen Fuß, Flash tut dasselbe, der zweite Skinhead auch. Wir sehen wie eine Scheißärztekommission aus. Der Prothesen-Skinhead wird rot im Gesicht.

»Wir wollten doch kämpfen, oder?«, schreit er, humpelt auf Jegor zu, der aufgesprungen ist, und schubst ihn heftig.

Jegor schafft es, auf den Füßen zu bleiben.

»Wo liegt das Problem? Gleich verliert er noch den zweiten, so respektlos wie er ist!«, schreit Flash.

»Ich kann das nicht. Der Typ hat doch keinen Fuß.«

Ich verfolge die Konversation gespannt, doch plötzlich überkommt mich das Gefühl, vom Blitz getroffen zu sein. Über mir glüht eine zweite Sonne auf, ihr Licht wie Röntgenstrahlen, ich kann tief in uns hineinsehen. Ich sehe leuchtende Wesen, die in unseren Körpern leben und nur aus einem Kopf bestehen – wie Smileys. Auch die Steine an der Küste werden für eine Sekunde durchsichtig und klar, und jeder Stein ist wie ein Ei: In jedem lebt eine Seele.

Danach wird alles wieder normal und blau und ich habe Schmerzen – der gesunde Skinhead hat mir wohl einen auf die Fresse gegeben. Jegor springt auf ihn los, sie fallen und schlagen sich da unten, auf den Steinen. Flash geht auf den zweiten Skinhead zu und kickt mit dem Fuß gegen dessen Prothese. Es ist ein heftiger Tritt, kein Wunder, dass der Skinhead hinfällt und zu schreien beginnt.

Ich weiß nicht warum, vielleicht wegen der Sonne, oder weil der Skinhead so unmenschlich schreit: Ich gehe auf Flash los. Ich schubse ihn, er erwartet keinen Angriff von der Seite und fällt auf die Steine. Sofort ist er wieder auf den Füßen – wütend, rot im Gesicht, er rollt seine Augen.

»Was ist los mit euch! Seid ihr beide krank! Einer spielt hier Mutter Theresa. Der andere greift mich an! Eine Familie von Idioten!«

Flash greift sich einen Stein, wirft ihn in meine Richtung und geht weg. Der Stein landet einen Meter von mir entfernt.

»Stopp!«, schreie ich Jegor und den Skinhead an, die sich immer noch prügeln. »Hört auf!«

Ich versuche, dazwischenzutreten. Die Augenbrauen des Skinheads sind geschwollen, sie ragen aus der Stirn wie zwei Eier. Ich glaube, die Augenbrauen sind seine Schwachstelle. Jegor blutet an der Oberlippe, ansonsten geht es ihm gut.

Sie spüren selbst, dass die Situation sich verändert hat. Andernfalls hätte ich es nie geschafft, sie auseinanderzubringen. Sie sitzen nun beide auf den Steinen, atmen laut, mustern sich gegenseitig. Jegor beginnt zu lächeln – einfach so, das passiert manchmal bei ihm. Es ist ein schöner Tag, so viel Luft, unglaublich viel Luft, sie füllt alles, was sie füllen kann, sie kriecht dir in den Mund, solange du ihn aufmachst, du musst nicht mal einatmen – die Luft erledigt die ganze Arbeit von selbst.

Plötzlich steht der Prothesen-Skinhead vor uns, er

sieht aus, als ob er Fieber hätte, mit Eifer reißt er sich die Binde vom Fuß.

»Ich habe zwei Füße«, schreit er. »Ich bin ganz normal! Da ist der zweite Fuß! Und das ist 'ne Scheißfußgelenkstütze! Ihr Blödsäcke! Keine Prothese! Ich habe einen Scheißfersenbruch! Idioten! Hier habt ihr meinen Fuß!«

Seine Stimme bricht, er ist kurz davor, zu heulen. Ich schaue auf seinen Fuß, den es wirklich gibt – es ist ein schmutziger Fuß mit gelber Haut an der Bruchstelle.

»Ist das kein Fuß? Leckt mich am Arsch! Ist das für euch kein Fuß?« Jegor steht auf und klettert hoch, ins Gebüsch. Ich weiß nicht warum, ich folge ihm einfach.

»Guck mal«, sage ich, »Flash haut ab.«

Jegor hört es schon selbst – der Motor ist laut genug. Flash ist superwütend, das merkt man schon an der Art, wie er sein Boot steuert.

»Sagt mir eins! Ist das kein Fuß für euch? Ist mein Fuß nicht gut genug?«

Der Skinhead da unten kommt nicht zur Ruhe. Ein Stein fliegt in unsere Richtung, beim Fallen raschelt er im Busch wie ein Vogel. Ich hebe einen Ziegelstein vom Boden auf, schmeiße ihn nach unten.

Jegor sitzt auf dem Stamm eines trockenen Baums, der nicht wie andere Bäume hochragt, sondern über den Boden kriecht. Wir sind auf der Spitze des kleinen Hügels.

»Sollen wir die Skinheads fragen, ob sie uns mitnehmen?«, frage ich Jegor. »Wir müssen doch irgendwie wieder nach Hause kommen.«

»Lass sie.«

Im Meer zeigt sich wieder ein deutsches Schiff, dreimal so groß wie unsere Insel. Es schmuggelt in seinen langen Containern die Nacht nach Deutschland. Irgendwie muss man ja erklären, warum es seit einem Monat keine Nächte mehr gibt. Sicherlich verkaufen wir sie in den Westen. Die Deutschen verarbeiten die Nächte zu Erdöl oder so was. Sie sind schlau.

»Was ist mit deinen Schulden?«

»Mach dir keinen Kopf.«

Die Skinheads verlassen uns auch, ihr Motor läuft mit Unterbrechungen, alle zweihundert Meter erlischt er.

»Zu wenig Öl«, sagt Jegor. »Bei diesen ›Windchen‹-Motoren muss viel Öl ins Benzin.«

»Aha«, sage ich.

Wir hören sie noch lange. Mal ziehen sich die Pausen hin, und wir denken, dass sie nun zu weit weg sind, doch plötzlich brüllt ihr Motor wieder. Dann, irgendwann, sind wir tatsächlich alleine.

»Schaffen wir es, bis zum Goldenen Tor zu schwimmen?«

»Ich glaube schon. Aber es ist gefährlich, es ist ein krasser Schiffsverkehr auf dem Kanal.«

»Die Deutschen?«

»Ja, die Deutschen.«

Wir liegen auf den Steinen, zwei blasse Leningrader Kinder, die das Meer ans Ufer geworfen hat. Unsere Mägen sind voll mit grünen Bananen. Ich schaue auf eine Wolke – sie ist klein, scharf konturiert und fliegt so, als hätte sie ein Ziel. In der Welt der Wolken ist diese

Wolke bestimmt ein Flugzeug. Nicht weit von uns, hinter dem Goldenen Tor, fängt die Stadt an – die Stadt der Türme und Paläste, der Wind streichelt sie, wie Blumen, sie recken sich zur Sonne.

Ich stehe im Meer, schaue dorthin, wo sich der Horizont befinden soll, aber alles ist so verschwommen, als würden die Dinge nie enden. Ich ziehe mein Friedhofs-T-Shirt aus, ich stehe bis zu den Knien im Wasser.

Das Meer von Sankt Petersburg ist gar nicht tief, für den Schiffsverkehr wurde ein schmaler Kanal gebaggert. Deswegen fahren alle Schiffe hier in einer Linie, wie eine Herde dummer braver Elefanten.

»Es ist gut, dass wir die Skinheads nicht beklaut haben«, sage ich. »Die Bananen sind doch für alle da. Nie gab es hier Bananen, und nun schwimmen sie zu uns herüber, vielleicht von der Küste Afrikas, keine Ahnung, einfach als Geschenk. Die Bananen sind für alle.«

Ich spüre selbst, dass ich nicht überzeugend spreche, ich komme mir blöd vor, doch dieser Gedanke ist mir irgendwie unglaublich wichtig. Die Bananen sind für alle. Sie sind ein Geschenk.

»Für alle, aber nicht für uns«, sagt Jegor.

Er schmeißt Steine ins Wasser, macht »Blinis« – so heißt das hier, wenn der Stein über das Wasser hüpft, mehrere Male. Es sieht aus, als würde er auf dem Wasser lauter zärtliche, flüchtige Brücken bauen, die weniger als eine Sekunde halten.

Es kommt Wind auf. Und mit ihm kommen die Quallen. Das Wasser am Ufer wimmelt plötzlich von rosa, runden, durchsichtigen Gebilden – wenn man etwas über sie sagen kann, dann nur, dass sie nicht hier geboren wurden, nicht an diesen Steinufern. Nicht in Sankt Petersburg.

Die Quallen klatschen gegen die Steine, manchmal bleiben sie auf den warmen Flächen liegen, dann sterben sie – sie trocknen aus. Sie liegen dann da wie zerkaute und ausgespuckte Gummibärchen. Jegor fängt sie, schaut durch sie hindurch in die Sonne, schmeißt sie umher. Sie fliegen wie Blumen.

Der Wind weht stärker. Wir verstecken uns hinter den Steinen.

»Wir müssen was unternehmen«, sage ich.

»Klar.«

Aber wir unternehmen nichts. Die Sonne steht nach wie vor am Himmel, sie ist nicht wegzutreiben.

»Neulich, im Boot. Was sagtest du da über den Tod?«, fragt er.

»Hat sich erledigt.«

Er nickt.

Ich habe Angst, dass kein Wunder mehr geschieht. Dass es jetzt vorbei ist mit uns – ein Mal hat ein Engel unser Nordufer besucht, und das war's. Das Leben wird weitergehen wie bisher. Trist. Normal. Langweilig.

Am frühen Morgen werde ich von Jegor geweckt.

»Steh auf«, sagt er. »Guck mal«.

Ich gehe wieder ans Meer. Es ist grün.

»Scheiße!«, schreie ich. »Die Bananen sind wieder da!«

Wir holen sie ans Ufer – nur die Größten, nur die Besten.

Nach ein paar Stunden sehen wir die ersten Boote. Der Horizont ist wieder verschwunden, die Boote hängen an Drähten.

Zoo

In der Wohnung leben zwölf Katzen. Um den Strom der Tiere zu kontrollieren, sind die Türen mit Seilen gesichert, denn Katzen sind schlau und wissen, wie man Türen öffnet. Tanja schafft die Seile aus dem Weg wie ein kleiner Schiffsjunge; sie schnürt sie auf, damit wir von einem Zimmer ins andere gelangen können. Die Katzen sind überall – unter uns, über uns, wir schlagen uns durch einen pelzigen Katzenwald. Tanja sperrt sie in das kleine Zimmer, wenn Vater alleine in der Wohnung bleibt: Er mag keine Katzen, und das beruht auf Gegenseitigkeit. Wenn Tanja in der Schule ist und ihre Mutter auf der Arbeit, darben die zwölf Tierchen in einem Zimmer so groß wie ein Auto vor sich hin, während Vater im Schlafzimmer liegt und fernsieht. Werden die Katzen laut, stellt er den Fernseher ebenfalls lauter.

Immer wenn ich nach Sankt Petersburg komme, treffe ich mich mit Tanja in einem Café im Zentrum der Stadt. Ich will sie aus dem Viertel herauslocken, das sie so selten verlässt; ich möchte bei ihr in Erinnerung bleiben als der Halbbruder, der sie in teure Cafés mitnahm.

Tanja ist groß und tollpatschig; ihre Ähnlichkeit mit meinem Vater ist erschreckend – als wollte jemand, nachdem er Vater gebaut hatte, noch ein weibliches Modell entwerfen, im Sinne der Gleichberechtigung. Ich hätte mit der Produktion schon bei meinem Vater aufgehört, aber mich hat ja keiner gefragt. Tanja ist warmherzig, aufrichtig; sie liebt Vater mit einer komischen kranken Liebe. In ihrer Familie existiert ein echter Vater-Kult. Es wirkt, als wollte die Existenz dieser Familie mir etwas beweisen, nämlich dass alles – wirklich alles – möglich ist: Vater, den meine Mutter immer als letzten Loser ansah, wird plötzlich wie ein König behandelt, und ein Vorortkind aus der Familie eines Alkoholikers entpuppt sich als eine warmherzige und kluge Frau.

Schon im Flur höre ich, wie sich jemand im Schlafzimmer unruhig im Bett herumwälzt und der Lattenrost dabei ächzende Geräusche verursacht. Dann ist Vater zu hören, die genervte und freundliche Stimme eines Mannes, den man von einer wichtigen und interessanten Beschäftigung abhält. »Dawai, dawai, was treibt ihr da so lange«, schreit er, obwohl wir gar nicht langsam sind.

Vater liegt auf einem Bett, das so groß ist, dass selbst sein riesiger Körper darin irgendwie verschwindet, man muss ihn suchen. Das Zimmer ist voll mit diesem Bett. Nur an den Wänden glänzen sowjetische Schränke aus dunklem lackiertem Holz (sowjetische Schränke mussten glänzen, es gehörte zum guten Ton). Ein großer Fernseher zeigt eine Talkshow. In der einzigen freien Ecke des Zimmers hängt ein Poster der Fußballmannschaft von Sankt Petersburg. Obendrauf sind ein paar Fußballspieler-Sticker geklebt, die zusammen mit Kaugummi verkauft werden. Sonst ist hier nichts. Als wir reinkommen, hebt Vater seinen Oberkörper, fängt mit einer coolen Geste meine Hand und fällt wieder zurück ins Bett. Von dem Kontrast zwischen seiner lockeren jungen Stimme, die ich eben im Flur gehört habe, und diesem Wrack auf dem Bett bin ich ganz durcheinander. Ich stelle mir vor, wie er die Fußball-Sticker mit seinen zitternden Händen an die Wand klebt und dabei aufpasst, diejenigen, die besser spielen, höher zu platzieren. Vater ist von der pingeligen Sorte.

»Na, was macht Deutschland so?« Seine kalten grauen Augen lächeln mir entgegen.

Ich erzähle kurz von Deutschland und meinem Leben dort.

Vater gibt ein paar Worte auf Deutsch wieder, in seinen Jugendjahren war er einmal in der DDR. Er bittet mich, ihm ebenfalls in dieser Sprache zu antworten. Ich sage einen deutschen Satz. Vater strahlt. Die Tatsache, dass ich nun im Ausland lebe, findet er unheimlich amüsant.

Tanja bringt ein Tablett mit Teekanne und Tassen aus der Küche.

»Bonbons mit Likör«, sagt Vater plötzlich sehr ernst mit Betonung auf Likör, als ob er ankündigen würde, dass jetzt Trüffel serviert werden. Die Bonbonschachtel hält er in der Hand. Als wir reinkamen, lag sie im Bett neben ihm.

»Extra für dich gekauft«, fügt er hinzu.

Die Idee, dass diese Bonbons genau die Flüssigkeit enthalten, die ihn zerstört hat, kommt ihm offensichtlich nicht in den Sinn. Das macht mich wütend. Ich packe ein Bonbon aus und stecke es mir in den Mund. Der Likör klebt an meiner Zunge.

»Deutsche Schokolade ist scheiße«, proklamiert er selbstsicher.

Tanja sitzt inzwischen bei uns, auf dem Bett, und betrachtet das Familientreffen mit ihren liebenden Hundeaugen.

»Und ich bin hier so.« Vater klopft auf sein Bett.

Für eine Sekunde denke ich, dass er mir etwas vorjammern will. Dann stelle ich – nicht ohne Furcht – fest, dass er stolz auf sein Leben ist. Vater erzählt mir eine Erfolgsstory: Es war nicht leicht, seine Behinderung staatlich anerkennen zu lassen, doch er hat es geschafft und bekommt nun eine ordentliche Rente.

»Das Wichtigste ist, irgendwo anzukommen«, sagt er mit einem Augenzwinkern. »Ich frage mich bloß, wo du hingehörst. Da bin ich mir nicht so sicher.«

Ich stehe auf und gehe raus aus dem Zimmer, versuche, die blöden Seile an der Tür zu entbinden, um die Wohnung zu verlassen, und bringe sie noch stärker durcheinander. Tanja kommt in den Flur.

»Was ist los mit dir?«

»Genug geredet.«

In zwei Sekunden schafft sie es, die Seile loszubinden, ich gehe durchs Katzenzimmer – ein paar Katzen laufen Richtung Schlafzimmer, ich höre wie Vater wütend schreit – und danach die Treppe runter.

Vater lebt im Süden der Stadt, in einem Viertel, das erst in den Achtzigern aufgebaut und besiedelt wurde. Die Zeit steht hier still: Studenten und Menschen, die was erreichen wollen, ziehen ins Stadtzentrum oder in den Norden. Babuschkas bleiben natürlich, hier lebt eine halbe Million Babuschkas, die durch die Straßen schlendern mit ihren Einkaufstüten und fettiges ungesundes Essen holen – für wen bloß, frage ich mich? Babuschkas essen nicht viel. Holen sie es für die Männer, die dunkle Zimmer bewohnen und ihre Wände mit Fußballstars bekleben? Für die Männer, die sich nicht mehr nach draußen trauen?

Hier, im Süden, fühle ich noch die Achtziger, die ich liebe und in denen ich groß geworden bin. Hier schien der sozialistische Traum Wirklichkeit geworden zu sein, hier wurden die komfortablen Häuser für Fabrikarbeiter gebaut, eine Million Pappeln wurde gepflanzt – diese Bäume wachsen ja so schnell –, hier wurden Bibliotheken eröffnet. Zwei Millionen Lenin- und hunderttausend Tschechow-Bücher wurden hergeholt – lies, mach was aus deinem Leben!

Dann kam die Wende, die Fabriken wurden geschlossen, auf das Viertel fiel, wie Regen, zuerst der giftige ausländische Alkohol, der Spiritus aus Holland, danach Heroin, dann der giftige Wodka aus den südlichen russischen Republiken. Eine Welle kam nach der anderen. Für meinen Vater hätte auch die erste gereicht. Die Fabriken wurden wieder eröffnet, doch es gab keinen mehr, der da arbeiten konnte.

Ich sitze auf der Treppe vor dem Haus, von beiden Seiten mustern mich Babuschkas, die die Bänke im Hof bewohnen.

Der brüchige (man kann ihn ohne Anstrengung mit den Händen kaputt machen) und nutzlose metallische Zaun, der den Rasen schützen soll, wurde mehrmals, in sieben Schichten, mit hässlicher grüner Farbe gestrichen. Ich weiß, dass, solange jedes Jahr eine neue Farbschicht daraufkommt, dieses Viertel lebendig bleiben wird und die Fabriken irgendwas produzieren werden.

»Leb wohl, leb wohl«, flüstere ich und weiß nicht, wem ich das sage.

Hinter mir, im Treppenhaus, hallen Schläge, die näher und näher kommen, bis Vater mithilfe von zwei hässlichen massiven Krücken aus dem Haus fällt.

»Fahr mich in den Strip-Club«, sagt er. Es ist nicht zu übersehen, dass er sehr wütend ist.

Ich hole mein Handy heraus und rufe den Taxi-Dienst an. Drei Minuten, bis das Taxi kommt. So lange schweigen wir.

»Zum Zoo«, sage ich dem Taxifahrer, als wir drin sind.

»Zum Zoo? Bist du bescheuert? Merkst du nicht, dass ich in einem beschissenen Zoo lebe? Fahr mich zu den Mädels.«

Der Wagen fährt in eine breite Straße und rast Richtung Zentrum. Vater sitzt hinten mit dem Gesicht eines Kindes, dem jemand seine Lieblingspuppe weggenommen hat.

»Die Stadt ist viel schöner geworden, seit ihr weg seid«, sagt er.

Das kann ich nicht bestreiten. Die Stadt blüht richtig auf, wir fahren gerade an mehreren modernen Glas-Bürogebäuden vorbei. Der Fahrer schaltet sein Radio an, es kommt aserbaidschanische Musik. Wir erreichen die Uferstraße – vor uns liegt stolz, wie ein kleines Meer, die Newa.

»Ich dachte, das war nur Spaß«, sagt Vater, als wir aus dem Wagen steigen. Er ist wieder gut gelaunt. »Willst du dich etwa bei mir rächen, weil ich dich früher nie in den Zoo mitgenommen habe?«

»Das hast du«, antworte ich.

»Natürlich habe ich das.« Er schweigt. »Na gut, ein Bierchen mit Affenblick kann ich schon vertragen.«

Ich gehe zum Eingang, Vater humpelt hinter mir her. Er ist immer noch größer als ich, mit seinen monströsen Krücken sieht er aus wie ein Riesenkalmar, der aus der Tiefe kam, um seine gefangenen Kameraden im Zoo zu besuchen.

»Der Scheißfahrer hätte einen Behinderten auch näher zum Eingang bringen können«, murmelt er.

Ich höre nicht zu, stattdessen kaufe ich zwei Karten. Vor dem Eingang ist die Hölle los – sogar ein Kamerateam des städtischen Fernsehkanals ist präsent. Es sieht so aus, als warteten hier alle auf irgendwas. Bestimmt nicht auf den Krüppel mit seinem Sohn. Doch: Als wir durch das Drehkreuz treten, schreit jemand: »Hurra.« Einer zündet sogar einen Böller.

»Willkommen: Unser Millionen-Gast!«

Wir müssen unsere Karten vorzeigen, die werden anhand von komplizierten Tabellen überprüft. Der Millionen-Gast ist wohl mein Vater. Neben uns weint ein Mädchen mit einer großen weißen Haarschleife – sie hat gerade die Chance ihres Lebens verpasst.

Vater ist nicht besonders überrascht, er ist in seinem Element. Er mag Feste und Partys, besonders, wenn er derjenige ist, der gefeiert wird. Er hebt seine Krücke hoch über seinen Kopf und lächelt stolz.

»Stopp, nimm es nicht auf«, sagt die Fernsehkorrespondentin ihrem Kameramann. »Es bringt nichts, wir machen alles neu.«

In einer Ecke liegen aufwendig verpackte Geschenke. Doch keiner überreicht sie meinem Vater. Niemand weiß so genau, was er jetzt machen soll. Vater feiert im Alleingang, die Menschen um ihn herum schweigen, werfen einander besorgte Blicke zu, sprechen in ihre Handys oder trösten das weinende Mädchen.

»Komm, mach ein Interview mit ihm«, sage ich der Korrespondentin. »Deine Kamera kannst du auslassen, ist egal.«

»Wer ist das überhaupt?«

»Er gehört zu mir«.

Sie und ihr Kameramann schleppen sich zu meinem Vater.

»Na, freu dich doch, du alter Arsch«, denke ich und merke, dass ich endlich, zum ersten Mal, seit ich heute Vater begegnet bin, lockerer werde. Seine aufrichtige

Freude, seine kindische Selbstverliebtheit ziehen mich in ihren Bann, egal wie sehr ich mich dagegen wehre.

»Ich habe doch gesagt, so was darf man nicht dem Zufall überlassen«, spricht ein wichtig aussehender Typ mit Krawatte neben mir. »Sagt dem Mädchen Bescheid, sie soll in einer Stunde wiederkommen. Die passt doch wunderbar. Sehr fotogen.«

Ich verlasse das Eingangsgebäude und gehe den Weg entlang. Ich kann keine Tiere sehen, doch ich spüre ihre Präsenz – sie riechen, sie atmen tief, sie wetzen ihre Zähne. Neben dem Zoo, durch einen Kanal getrennt, ist die Insel, auf der Zar Peter der Große strandete und beschloss, die Hauptstadt seines Landes hier zu gründen.

Ich stelle mir vor, wie der Zar, ein nachbiblischer Noah, ein Schiff mit Tieren hierher, in den Norden, führte. Er ließ Schlangen und Elefanten hier ansiedeln, zog einen Zaun um sie, und seitdem leben sie hier in einer Wolke scharfen Geruchs. Die Tiere waren die ersten Bewohner von Sankt Petersburg, die Stadt blühte auf ihren Knochen und ihrem Mist auf.

Ich erreiche eine große Grube, in der, ganz unten, im trüben grünen Wasser schmutzig graue Eisbären schwimmen. Sie prallen aufeinander, spielen und doch wirken sie melancholisch. Ich höre wieder den Klang der Krücken. Vater ist da, er kommt zu mir und holt aus seiner Tasche eine Handvoll Scheine.

»Fünftausend Rubel! Natürlich, nicht jeder kann ein Millionen-Gast werden. Da muss man ein Glückspilz sein.« Er holt einen Schein heraus und lässt ihn in die

Grube flattern. »Du, kauf dir ein Eis, kühl dich ab«, schreit er einem der Bären zu. Na ja, er versucht zu schreien. Das gelingt nicht so gut. Es ist wirklich sehr heiß.

Ein Bär verlässt das Wasser und mustert meinen Vater. Der winkt ihm zu und verliert danach das Interesse. Vater lehnt sich an den Zaun und betrachtet die Sonne, als passierte da etwas im Himmel. Ich glaube, er ist von dem ganzen Stress überfordert.

»Ein Mann findet immer eine Möglichkeit, Kohle zu verdienen«, murmelt er.

Schon wieder gegen meinen Willen spüre ich Mitleid und konzentriere mich lieber auf den Zoo. Von der Stelle aus, wo ich nun stehe, kann ich enge und schmale Käfige sehen, in denen Tiere im Kreis laufen oder auf Heu liegen. Der Zoo existiert schon seit einer Ewigkeit, es gibt hier, im Zentrum der Stadt, keinen Platz, um ihn zu erweitern, die Käfige zu vergrößern. Alles ist viel zu eng. Ein Zoowärter kommt vorbei mit einer Handkarre voller Kaninchenleichen – Zeit fürs Abendessen.

Seit ich klein war, hat sich der Zoo nicht verändert. Hier ist alles vertraut, der sonnige und glückliche Ort meiner Kindheit mit Eisverzehr und gutmütigen freundlichen Tieren, die immer lachten. In den Neunzigern fuhren nachts Gangster im Suff hierher, um Wölfe zu füttern oder auf teuren und seltenen Przewalski-Pferden zu reiten. Ich war auch illegal dort – ich schwamm über den schmalen Kanal und trocknete mein T-Shirt am Affenkäfig.

Ich gehe zu einem Flamingo-Käfig und lese auf dem

Schild, dass der Vogel und ich im selben Jahr geboren wurden. Ich mustere ihn – der Flamingo blickt ins Nirgendwo mit seinen weißen, müden und verrückten Augen. Ich schaue zurück, auf meinen Vater – er sitzt auf dem Boden bei den Eisbären. Ich gehe schnell zu ihm.

»Wie heißt eigentlich Zoo auf Deutsch?«, fragt er plötzlich.

»Zoologischer Garten«, antworte ich – ich weiß nicht, warum ich diese lange Form wähle und nicht einfach »Zoo« sage.

Zoologischer Garten.

Nach sechs Monaten starb mein Vater. Und ich zog nach Berlin.

Lapnik

Ich sitze in einer Berliner S-Bahn, die wie ein müdes Zirkuspferd ihre Runden um die Stadt dreht. Drei Drehungen arbeiten hier parallel, ergänzen sich gegenseitig: Die Erde dreht sich um die Sonne, die Erde dreht sich um sich selbst, und die S-Bahn dreht sich um das Zentrum von Berlin. So viele Drehungen: Kein Wunder, dass einem schwindelig wird.

Ich bin ganz alleine. An der Waggontür hing eine Warnung, dass weder Licht noch Heizung funktionieren, deswegen haben die übrigen Fahrgäste ihr Glück woanders gesucht. Ich bin trotzdem eingestiegen, ich habe keine Angst vor der Dunkelheit. Außerdem transportiere ich den Weihnachtsbaum, den ich an der Schönhauser Allee gefunden habe. Es ist der 27. Dezember. Wir Russen kaufen keine Weihnachtsbäume, denn unsere Feiertage beginnen erst, wenn die Deutschen schon genug haben. Sie schmeißen ihre Weihnachtsbäume weg, wir schnappen sie uns: Das Neujahrsfest und russische Weihnachten kommen erst noch.

Wir passieren gerade den westlichen Teil des Ringes, dort, wo man nachts aus dem S-Bahn-Fenster fast nichts erkennen kann. Hafen, ein paar Fabriken, kaum

Häuser. Man erkennt diese Gegend sofort – es riecht hier nach Wasser, Eisen und Kohle, alles ist verschwommen und unecht. Hier lebe ich. Manchmal sieht man in den Fenstern gar nichts, und da es im Waggon auch kein Licht gibt, bleibt man für eine Weile komplett im Dunkeln. Dann ist mir, als ob jemand hinter mir steht und mir seine Hände auf die Augen legt, damit ich nichts sehen kann.

»Welche Stadt ist das?«

Ich schweige.

»Welche Stadt ist das hier?«

Ich schweige.

»Welches Land ist das?«

Ich schweige.

Die S-Bahn fährt jetzt plötzlich schneller, es ist diese lange Strecke zwischen Beusselstraße und Jungfernheide, dort laufen die Schienen ziemlich lange parallel zu einem Zaun. Und in einem Zug einen Zaun entlangzufahren, besonders wenn es im Zug komplett dunkel ist, ist die russischste aller Zeitvertreibungen. Ich halte den Weihnachtsbaum, ich rieche Harz und Wald, und ich weiß nicht, wo ich mich gerade befinde. Flughafen. Flughafen. Die nächste Station ist »Flughafen«.

Der Zug gibt bei jedem Halt zischende und jammernde Geräusche von sich, als wäre das Anhalten für ihn etwas Unerwartetes und Überraschendes. Die Konstruktion des Fahrzeugs sieht eine solche Option, das Halten, nicht vor, es soll weiter und weiter fahren, bis es auseinanderbricht.

Ich schaue aus dem Fenster: Dort ist Schnee und es ist dunkel, es sind keine Flugzeuge in Sicht. Jemand hinter mir spricht Russisch. Ich lese den Namen der Station: »Aeroport«.

Die Tür öffnet sich. Babuschkas mit über Mänteln gebundenen Schultertüchern hasten durch den Waggon, sie schleppen verschnürte Säcke hinter sich her. Ihre Gesichter sind rot und bedeutsam, als verheimlichten sie etwas, sie kneifen die Augen zusammen im dünnen Licht des Waggons. Sie sehen so aus, als hätten sie sich zehn Kilometer durch die dunkle Schneewüste kämpfen müssen.

Nach ein paar Stationen kommt der Wald, und der Wald ist tot, auf jedem Ast liegt ein Brocken von hartem Schnee – alles an seinem Platz, wie im Schrank des Uhrenmachers. Manchmal passieren wir Stellen, wo der Wald im Sommer gebrannt hat, und Baumstämme stecken dort im Schnee wie abgebrannte Streichhölzer.

Mama sitzt vor mir, sie trägt einen violetten Mantel von der deutschen Kleiderspende und einen Kosakenhut aus Fell. Sie sieht chic aus, wenn Sie mich fragen. Normalerweise nutzt sie die Zeit, um Bücher zu lesen, doch nicht jetzt. Sie sitzt da mit hartem und fremdem Gesicht, sie schenkt den Babuschkas keine Beachtung. Es riecht nach schlechtem Bier, das jemand vor Tagen vergossen hat, nach heißem Ofeneisen, nach alten und armen Menschen.

Die Öfen befinden sich unter den gelben Holzbänken, die vom ständigen Körperkontakt glatt werden und glänzen und unsere Hintern erwärmen. Durch die Hitze färben sich die Bänke allmählich schwarz.

Fünfzig Kilometer vor der Stadt verlassen die Babuschkas mit ihren Säcken den Zug – wie Fallschirmspringer bei einem Nachteinsatz fallen sie in die Dunkelheit, verschwinden in den Dörfern oder abgelegenen Waldstationen. Meine Babuschka, die genauso aussieht wie die Babuschkas im Zug, liegt jetzt tot im kalten Zimmer eines fremden Hauses in der Nähe der Station »125 Kilometer«. Wir fahren zu ihr.

Meine Babuschka liegt wie eine graue eiskalte Puppe zwischen den hässlichen und billigen Plastikblumen. Unbeweglich dazuliegen steht ihr nicht, normalerweise findet sie keine Ruhe. Sie ist eine Entertainmentkanone, immer bereit für neue Spielchen. Ihr Gesicht wirkt auch in dieser Situation nicht ruhig, irgendwie verdutzt, vielleicht erstaunt. »Wie konnte mir so was Blödes passieren?«, scheint es sagen zu wollen.

Es gibt keine gemeinsame Trauerzeremonie am Sarg – sie liegt doch hier, im Zimmer mit null Grad Celsius. Wenn du dich verabschieden willst, dann geh doch hinein, frier dir den Arsch ab. Ich bleibe nicht lange stehen, ich weiß nicht, wie ich mich beschäftigen soll.

Nachts liege ich auf einer Matratze neben meinem Onkel Mischa. Eine sowjetische Uhr tickt laut, sie erweckt in mir Sehnsucht und Kummer. Dieses Ticken lässt die Blumen sterben. Die Uhr tickt wie eine Waffe, ihre unsichtbaren Pfeile fliegen auf meine Verwandten, die auf den Matratzen und in gemütlichen Sofagruben liegen. Sie werden immer älter.

Oben, im Dachgeschoss, rascheln die kleinen staubigen

gleichgültigen Mäuse. Sie riechen nach alten Zeiten. Unter dem Tisch, auf dem der Sarg meiner Babuschka liegt, stehen leere Einmachgläser und ein Eimer mit fünf Kilo Gänseschmalz, das es günstig zu kaufen gab. Babuschka ist praktisch zu den Lebensmitteln übergewechselt. Spielt jetzt in einer anderen Liga.

Ich will auf die Toilette – dafür muss man den warmen Raum verlassen und an Babuschka vorbeigehen. Ich versuche, die Stelle so schnell wie möglich zu passieren. Aber wovor habe ich eigentlich Angst? Dass Babuschka aufsteht und so wie sie ist – mit einem Gebetsband auf ihrer Stirn, das sie wie einen Samurai aussehen lässt – an mir vorbeigeht, um ihre Einschlafserie zu schauen? Im Sargzimmer ist es still.

Auf dem Plumpsklo breite ich die Zeitung aus. Eine vierzigjährige Sängerin, ein Star aus sowjetischen Zeiten, posiert in einem BH – etwas unbeholfen, ihr Mund ist halb offen, die Augen schielen nach oben. Ihre Mimik zeigt, dass es ihr unheimlich wehtut, sich so zu zeigen, doch sie ist so geil, dass sie dieser Versuchung nicht widerstehen kann.

Ich hole meinen Penis heraus, in der Kälte erscheint er mir unheimlich heiß. Ich schaue auf ihren Busen, konzentriere mich dabei auf die Grenze zwischen Busen und BH. Die Sängerin kommt mir unheimlich sympathisch vor. In meiner Fantasie zieht sie langsam ihren BH herunter, und zwar so wie – was ich noch nicht weiß – man es nie im Leben schaffen würde. Ich komme schnell und bescheiden, wie ein Spatz.

Ein Geraschel ertönt von draußen. Ich lauere, nicht fähig, mich zu bewegen, mit dem Penis in der Hand, und befürchte beinahe, ein superwichtiges Geräusch zu verpassen. Wie sich der Sarg auf dem Tisch bewegt oder so etwas. Ist Babuschka nun als Seele unterwegs und hat mich beim Wichsen erwischt? Auch wenn das so ist, so lieben die Toten uns trotzdem wie wir sind. Was kann dich noch schockieren, wenn du schon tot bist? Dieser Gedanke beruhigt mich. Tief in mir spüre ich plötzlich Wärme und Dankbarkeit. Ich zerreiße die Zeitung, werfe sie ins Klo und gehe schlafen.

Am Morgen gibt mir Mischa Filzstiefel und eine kleine Axt und schickt mich in den Wald, um »Lapnik« zu sammeln: flauschige Tannenzweige. Wenn man in einem russischen Dorf im Winter jemanden beerdigen will, braucht man viel Lapnik, das ist der wichtigste Bestandteil der Zeremonie. Man legt es auf den Toten, bedeckt damit den Sarg, wirft es ins Grab – man legt es überall drauf, wie Petersilie. Es kostet ja auch nichts. Ich mag das. Früher oder später vermischen sich deine Überreste mit den Tannenzweigen, du wirst eins mit dem Wald. Was wirst du, wenn du in Russland stirbst? Ganz bestimmt keine Palme. Ein Tannenbaum, ja, das fühlt sich richtig an!

Der Wald ist nicht weit, man muss nur die Straße überqueren, doch ich gerate in einen Graben und stehe plötzlich bis zu den Hüften im Schnee. Bei den Bäumen ist die Schneeschicht dünner, es fällt mir leichter, dort zu gehen. Ich ziehe meine Filzstiefel aus, einen nach dem anderen, und befreie sie vom Schnee. Ich schaue mich um, überall Tannenbäume, doch keiner scheint mir passend. Für Babuschka brauchen wir spezielle Bäume, die eine stille Trauer verkörpern.

Ich gehe immer tiefer in den Wald und fühle mich klein und gefährlich mit der Axt in meiner Hand. Ich bin der Jäger, es gilt irgendein Tier, vielleicht einen Fuchs abzuschlachten, aus seinem Fett eine Salbe zu machen und Babuschkas Körper damit einzuschmieren, um sie wieder lebendig zu machen. Ich habe das Bedürfnis, mich für ihren Tod zu rächen – an dem stillen gleichgültigen Wald, der immer in ihrer Nähe lebte und zuschaute, wie sie langsam verglühte.

Endlich finde ich einen passenden Baum und versuche, Zweige abzuschlagen. Der Schnee, der auf den Ästen liegt, fällt auf mich herunter, in meine Kleidung. Ich schlage vier große Zweige ab und winde mich aus dem Baum heraus, falle in den Schnee, als ob der Baum mich gerade geboren hätte. Ich muss die Jacke und den Pullover ausziehen, um den Schnee loszuwerden.

Rund zehn Minuten lang schleppe ich die Zweige mit mir herum, ich halte sie an ihren stacheligen und klebrigen Enden, bis mir klar wird, dass ich schon längst die Straße hätte erreichen sollen. Ich bin in die falsche Richtung gegangen. Also kehre ich zurück zum traurigen Baum – es ist leicht, ich folge meinen eigenen Spuren. Dann bleibe ich verunsichert stehen. Mein Pfadfindertalent hilft mir nicht weiter, es gibt hier mehrere Stiefelspuren, sie führen in alle möglichen Richtungen, als hätten alle Bewohner der »125 Kilometer«-Siedlung ihre Filzstiefel angezogen und sind in den Wald gegangen. Ich entscheide mich für einen Pfad und verlaufe mich noch offensichtlicher. Statt Tannenbäumen sind nun überall Birken um mich herum. Unter meinen Füßen spüre ich eine Eisschicht, wahrscheinlich stehe ich mitten in einem gefrorenen Sumpf. Nach der ganzen Aktion wird mir heiß unter meiner Jacke. Ich schmeiße die Zweige in den Schnee, lege mich auf sie und schaue in den grauen Himmel.

Plötzlich höre ich ein Rascheln: Jemand tippelt durch den Wald. Ich drehe meinen Kopf zur Seite und sehe, fünfzig Meter von mir entfernt, Väterchen Frost – mit rotem Mantel, Stab, Sack, Bart. Ich bin nicht überrascht, in diesem russischen Winterwald sieht er ganz natürlich aus, wie das letzte Puzzlestück, das zur Vollendung des Gesamtbildes gefehlt hat. Ich stehe auf und laufe hinter ihm her.

»Entschuldigung!«, schreie ich. »Warten Sie!«

Es dauert, bis er stehen bleibt und sich umdreht – er zieht dafür einen langen Bogen, wie ein Schiff. Dann kann er seine trüben Augen auf mich fokussieren.

Die Haut um seine Augen herum ist holzbraun, genau wie seine Hände, in seinem Bart stecken grüne Tannennadeln.

»Ich habe mich verlaufen«, sage ich und fühle mich etwas blöd dabei.

»Wofür die Axt?«, fragt er. »Willst du Holz hacken?«

»Ich brauche Lapnik für meine Oma, sie ist tot.«

Dieses Gespräch erinnert mich an ein altes russisches Märchen: Ein Junge hat sich verlaufen, er trifft eine Märchengestalt. Sie gibt ihm eine Dose Zauberpuder, er streut diesen Puder auf seine Babuschka, sie lebt wieder. Väterchen Frost öffnet tatsächlich seinen Sack, und zum Vorschein kommt eine Flasche Rasputin-Wodka – ein Zauberelixier also.

»Babuschka«, sagt er nachdenklich. »Dann lass uns deiner Babuschka gedenken.«

Er trinkt einen Schluck und reicht mir dann die Flasche. Ich trinke auch, in meinem Bauch brennt es gewaltig, ich knicke ein wie ein Taschenmesser und drücke mein Gesicht in seinen Mantel. Ich starre gedankenlos. Langsam erkenne ich, dass sich der Stoff seines Mantels an dieser Stelle vor meinen Augen vom Rest unterscheidet – die Farbe ist etwas dunkler. An anderer Stelle ist – wohl um ein Loch zu verdecken – ein Stückchen einer roten Flagge eingenäht. Ich kann einen Teil des goldenen Leninkopfs erkennen und ein paar Ziffern, eine Nummer der Armeeeinheit vielleicht.

Väterchen wartet, bis ich wieder gehen kann, und führt mich zu meinem Lapnik-Haufen. Dort pflückt er zärtlich ein paar kleinere Tannenzweige ab, legt sie sich in den Mund und kaut ordentlich.

»Zum Nachessen«, sagt er. »Komm, deine Babuschka wartet schon auf dich.«

Ich folge dem Väterchen und kann kaum mithalten, weil ich das verdammte Lapnik hinter mir herziehe. So tollpatschig, wie er durch den Schnee hoppelt, wie er seine Füße hochzieht – das könnte lustig und amüsant wirken. Doch ich will mich nicht über ihn lustig machen, er brennt sich seinen Weg, wie eine rote Feuerfigur, wie Barlog im Kampf mit Gandalf, durch die weiße kuschelige Welt.

Er hält an und schaut mir direkt in die Augen. »Woran ist deine Babuschka gestorben?«, fragt er nach langem Schweigen. Bevor ich antworten kann, brüllt er wütend: »An Hunger?«

»Nein«, sage ich, »sie war krank.«

Er erstarrt, als wäre er von einem plötzlichen Gedanken überrascht. »Dieser Wichser«, sagt er. »Dieser Judas.«

Ich höre Worte wie »Judas«, »Säufer« und sogar »Mörder« immer wieder und weiß, von wem er spricht.

»Du denkst, du bist der Einzige, der seine Babuschka verloren hat? Im ganzen Land sind alle Babuschkas gestorben. Keine Einzige ist geblieben.«

Wir gehen weiter, ich friere und bitte ihn, mir noch einen Schluck Rasputin zu geben. Damit zeige ich, was ich für ein Draufgänger bin. Außerdem glaube ich, er sollte Mitleid mit mir haben wegen meiner Babuschka.

»Ein Letzter«, sagt er und reicht mir die Flasche.

Er schaut nicht, wie ich trinke, obwohl ich seine Methode kopiere: um sein Lob zu ergattern, esse ich ein paar kleinere Tannenzweige nach dem Wodka. Ich knicke auch nicht ein. Er guckt in die Ferne mit stolzem und wütendem Gesicht.

»Soldat«, sagt er und hebt seine Hand mit einer königlichen

lichen Geste. »Was machst du, wenn hinter diesen Fichten plötzlich feindliche Panzer auftauchen?«

Ich spüre tief in mir eine freundliche Wärme und freue mich, dass er nicht sauer auf mich ist, obwohl ich ihn seines Wodkas beraube. Ich habe nichts gegen Panzer im Wald. »Ich krieche vorwärts und bewerfe sie mit Handgranaten«, sage ich.

»Dann tue es doch!«, befiehlt er, und aus irgendeinem Grund werfe ich mich in den Schnee und krieche Richtung Panzer.

Bald holt er mich ein – er kriecht viel schneller als ich. Schon ist er vor mir. Ich versuche mitzuhalten, doch es klappt nicht, ich versinke im Schnee und schummele, indem ich auf allen vieren laufe.

Nach einer Weile macht er eine Pause, legt sich auf den Rücken in den Schnee, sein Wattebart rutscht zur Seite und gibt den Blick frei auf einen blau-schwarzen Dreitagebart. Ich lege mich daneben. Ohne ihn werde ich sowieso nicht erfahren, wo die Panzer sind.

»Rechts ist ein Abrams, links ein Leopard«, sagt er. »Was machen wir?«

»Die Granaten«, flüstere ich, »ich habe doch die Granaten.«

»Keine Granaten!«, brüllt er und seine Stimme wird kräftiger. »Keine Granaten, Soldat. Eine Batterie der Panzerabwehrkanonen MT-12 Rapira! In Produktion seit 1970 unter der Leitung vom Ingenieur Viktor Jakowlewitsch Affanassjew. Ihr Gewicht – drei Tonnen. Ihre Schussweite – acht Kilometer.«

Ich schweige, doch das, was er sagt, gefällt mir. Natürlich wird Rapira die Scheißpanzer zerquetschen.

»Feuer!«, schreit er plötzlich. »Feuer! Feuer!«

Ich stehe auf, ich bin verunsichert. Natürlich kann ich die Kanonen mit meiner Stimme nachmachen – jeder russische Junge kann das. Sogar originalgetreu! Das ist mir aber doch zu blöd. Ich bücke mich, forme mit den Händen einen Schneeball und werfe ihn gegen einen der Panzer. Gegen den Leopard. Sie fällt lange vor ihm in den Schnee.

Die NATO-Panzer fahren in dem russischen Wald durch ein zerstörtes Land, zwischen zerstörten und verwilderten Fabriken, wo sich nun Elche und Wölfe herumtreiben, durch ein schönes Land, zwischen verlassenen Artilleriebasen, sie fahren durch ein im Schnee versunkenes, totes Land, wo man von den Stromtrassen Kabel klaut, um die Kupferleitungen als Altmetall zu verkaufen. Die NATO-Panzer haben meine Babuschka umgebracht.

Plötzlich höre ich etwas – ein Auto, nicht weit von uns entfernt. Ich greife mein Lapnik und laufe davon. Nach etwa vier Minuten bin ich auf der Straße.

Das Auto fährt langsam, es bleibt immer wieder in Schneehaufen stecken. Ich laufe hinterher – mit dem sechsten Sinn verstehe ich, dass es der Wagen ist, der meine Babuschka abholen soll. Das ist nicht weiter unheimlich, denn die Scheißkarre sieht genau so aus wie die Verkörperung der billigsten Möglichkeit, den Sarg mit Babuschka zum Friedhof zu transportieren. Die grimmigen Menschen im offenen Laderaum sehen so aus wie Menschen, die für kleines Geld jeden begraben würden.

Babuschka liegt schon im Hof. Mein Lapnik ist überflüssig, weil Mischa schon welches beschafft hat – zwanzig Meter vom Haus entfernt. Ich lege es trotzdem auf ihre Leiche, die mit einem Tuch mit orthodoxen Gebeten bedeckt ist.

Der Friedhof sieht aus wie ein verlassenes Feld. Alle Grabsteine sind mit Schnee bedeckt. Es stürmt, Militärs könnten hier eine Windwaffe entwickeln, gegen feindliche Flugzeuge. Der Friedhof wäre ein passendes Versuchsgelände. Babuschka wird ins Grab gesenkt, letztes Lapnik hinterhergeworfen – mit Lapnik kann man ja nichts falsch machen.

Die böse guckenden Menschen trinken Wodka und nehmen ihre Schaufeln. Es schneit und bald verschwindet die Grube von der Erdoberfläche – keiner wird sie jemals finden. Niemals. Man sagt, dass sich die Seele nach dem Tod unweit der Grabstelle umhertreibt. Aber hier bleibt keine Seele. Von hier fliegt sie weit weg.

Abends feiern wir Silvester. Wir versammeln uns in der kleinen 1,5-Zimmer-Wohnung meines Onkels Mischa, die die Hälfte eines armseligen, halb ruinierten Hauses einnimmt. Dort gibt es keine Kanalisation, keine Zentralheizung – wir heizen den Kachelofen. Bis jetzt kenne ich keine Wohnung, in der es gemütlicher wäre.

Ich hoffe, du verzeihst mir den Wunsch, diese einfachen russischen Namen zu nennen: Irina, Aleksandr,

Michail, Natalja, Margarita, Jegor, Jana, Anja, Mitja. So zahlreich werden wir uns nie mehr wiedersehen. Nachts liegen wir alle beisammen auf dem Holzboden unter den Patchworkdecken, die meine Babuschka mit einer enormen Geschwindigkeit produzierte, sie reichen für uns alle. Sie waren ziemlich hässlich. Wir nannten sie »Zigeunerdecken«.

Wir liegen dicht aneinander – neun Menschen. Ein Zehnter würde nicht mehr hinpassen. Aber das ist Quatsch, wir würden auch Platz für den Zehnten finden, wir sind doch keine Könige! Doch es gibt keinen Zehnten.

Um Mitternacht ist es Zeit für ein Grußwort des Präsidenten. Alle Fernsehgeräte des Landes zeigen den »Judas« mit grünem und geschwollenem Gesicht. Seine Hände liegen leblos aufeinander, wie zwei haarlose, fette tote Hunde. Er konnte immer gut sprechen, man wollte ihm glauben, und jetzt, wo er kaum noch seine Zunge bewegen kann, ist er immer noch gut darin. Er beherrscht die Kunst, Pausen zu machen. Bevor er sagt: »Ich bin müde, ich gehe jetzt«, runzelt er sein Gesicht, als ob er ein bitteres Getränk herunterschluckt, ein Tannengetränk vielleicht.

Danach bittet er sein Volk um Verzeihung – und man verzeiht ihm. In einem halb leeren Land, das krank ist und Kriege führt. Man verzeiht ihm, denn was bleibt uns übrig? Er kündigt seinen Rücktritt an und verschwindet.

Das Bild wechselt. Zum ersten Mal erscheint sein magerer, wuscheliger Nachfolger. Er versteckt seine

Hände. Sein Anzug ist ihm zu groß. Auf seiner Brust baumelt eine hässliche schuppige Krawatte. Er ist nervös. Er sagt: »Lasst uns auf die Liebe trinken.«

Danach schlägt die Kremluhr, der menschenleere und tote Rote Platz kommt ins Bild. Wir liegen unter den Zigeunerdecken, dicht aneinandergedrängt. Morgen gehen wir auseinander. Wir werden sterben, wir werden uns scheiden lassen, wir werden nach Deutschland auswandern. Jeder von uns scheitert – unspektakulär, still, dumm. Dir, Gott, danke dafür. Ich liebe es so.

Die S-Bahn erreicht die Station Westend, aber ich bin nicht mehr im Waggon. Nur der Weihnachtsbaum dreht seine Runden um die Stadt. Es schneit. Es fällt roter Schnee: auf das Pärchen ehemaliger FDJ-Aktivisten, auf sein Ledersakko und ihre Rosa-Luxemburg-Brosche und auf die Plattenbauten in Marzahn. Es fällt blauer Schnee: auf die grimmigen Männer, die von »Vulkan«-Spielotheken in die Bordelle ziehen, auf schnell wachsende hässliche Bürogebäude um die Spree herum. Es fällt weißer Schnee: auf die reichen Villen in Grunewald, wo ukrainische Au-Pair-Mädchen im Keller das Familiensilber putzen, auf die Siemens-Brücke und auf mein Charlottenburg. Morgen wird der Schnee tauen, die Stadt wird glänzen, sie wird ohne mich und ohne dich auskommen. Russen werden ihre Feste feiern, Männer werden sterben, Frauen werden heiraten, Engel werden tanzen.

Inhalt

FSC
www.fsc.org
MIX
Papier aus verantwortungsvollen Quellen
FSC® C014889

Verlagsgruppe Random House FSC® N001967

1. Auflage

Neumarkter Str. 28, 81673 München
Gestaltung und Satz: DVA/ Andrea Mogwitz
Gesetzt aus der Stone Serif
Umschlaggestaltung: Designbüro Lübbeke Naumann Thoben, Köln,
Umschlagmotive: © plainpicture/Gallery Stock/Paul Paper; inga/Fotolia.com
Druck und Bindung: Friedrich Pustet, Regensburg
Printed in Germany
ISBN 978-3-421-04776-2

www.dva.de

Dieses Buch ist auch als E-Book erhältlich.

Junge deutsche Literatur bei DVA

Cornelia Travnicek, JUNGE HUNDE

Kann man sich selbst finden, wenn man nicht weiß, woher man kommt?

Seit Kindertagen sind Johanna und Ernst unzertrennlich. Doch dann geht Ernst nach China, und Johanna bleibt allein zurück. Beim Ausräumen ihres Elternhauses findet sie eine alte Postkarte, die plötzlich, mit Anfang zwanzig, ihr ganzes bisheriges Leben infrage stellt …

»Ein sehr einfühlsamer Roman über Sinn und Identitätssuche.« *stern*

DVA